In
Love

告别 在遗忘之前

A Memoir of Love
and Loss

[美国] 埃米·布卢姆——著
俞敏——译

译林出版社

图书在版编目（CIP）数据

在遗忘之前告别 /（美）埃米·布卢姆（Amy Bloom）著；俞敏译. -- 南京：译林出版社，2024.11.
ISBN 978-7-5753-0296-8

Ⅰ．I712.55
中国国家版本馆CIP数据核字第2024V91K12号

In Love by Amy Bloom
Copyright © 2022 by Amy Bloom
This edition arranged with William Morris Endeavor Entertainment, LLC through Andrew Nurnberg Associates International Limited
Simplified Chinese edition copyright © 2024 by Yilin Press, Ltd

著作权合同登记号　图字：10-2023-480号

在遗忘之前告别　[美国] 埃米·布卢姆／著　俞敏／译

责任编辑	黄　洁
装帧设计	尚燕平
校　　对	王　敏
责任印制	单　莉

原文出版	Random House, 2022
出版发行	译林出版社
地　　址	南京市湖南路1号A楼
邮　　箱	yilin@yilin.com
网　　址	www.yilin.com
市场热线	025-86633278
排　　版	南京展望文化发展有限公司
印　　刷	苏州市越洋印刷有限公司
开　　本	850毫米×1168毫米 1/32
印　　张	8.625
插　　页	4
版　　次	2024年11月第1版
印　　次	2024年11月第1次印刷
书　　号	ISBN 978-7-5753-0296-8
定　　价	68.00元

版权所有·侵权必究

译林版图书若有印装错误可向出版社调换。质量热线：025-83658316

除了我的家人、临床医学博士T. 韦恩·唐尼、苏茜·章和朱迪思·施瓦茨，本书中提及的所有人均为化名。

献给布赖恩

"请把这一切写下来。"我丈夫说。

第一部分

2020年1月26日，周日，瑞士苏黎世

　　这趟苏黎世之行不同于以往，并不算是布赖恩和我所钟爱的那种旅行。我们喜欢自驾、搭火车、乘渡轮、坐飞机，周游四方。我们喜欢一切旅行、大部分购物出行，而此次苏黎世之行，虽然与我们过去的旅行一样行头齐全，却全然不同。如往常一样，我们乘坐专车去机场，既自在，又免去了停车和搬运行李的麻烦。哪怕是布赖恩还没患上阿尔茨海默病的时候，我俩就没什么方向感，交通换乘往往要比一般人多花二十分钟。下午六点起飞前，我们在餐馆吃了饭。我买了一支口红和一小管护手霜；布赖恩买了一些糖果。我俩分着吃口香糖。喝同一瓶水。

　　在飞机上，我们享受着落座的时刻，享受着乘务人员

的关注，他们已经喜欢上我们了，因为布赖恩很知道自己的块头，不会乱甩胳膊碰翻别人的饮料，并且他对瑞士航空的每一个代表都表达了感谢。我们看起来不像是会在三更半夜吵着要添酒或花生的人。没人会比那些一直坐经济舱的人更爱商务舱了。

从登机那一刻起，我们始终面带微笑。我收拾了我们的商务舱包厢。我们对乘务人员表现得极为客气。显然，我俩相互喜欢，很高兴能一起旅行。我们一拿到饮料（用玻璃杯装着！），就为我姐姐和姐夫干杯，是他们支付了我们这趟前往苏黎世的商务舱之旅的费用。

"尊严"（Dignitas）的办公室位于苏黎世，那便是我们此行的目的地。Dignitas是瑞士一家提供陪伴性自杀服务的非营利组织。在过去的二十二年里，如果你是一名想要赴死的美国公民，并且无法证明自己已是绝症晚期（存活时间不超过六个月），Dignitas一直是唯一的去处。这是美国当前的标准，就算是美国九个拥有死亡权[1]的州，外加华盛顿哥伦比亚特区，标准也一样。许多年老的或者患有慢性病的美国人幻想着这些地方可以让他们终结生命，我也曾照着布赖恩的意思对这些地区做过研究，最终我们发现，世界上唯一一个能够提供无痛、安宁且合法的自杀服务的地方，便是位于苏黎世郊区的Dignitas。

自从我们第二次约见神经科医生以来，我姐姐就和我一起悲泣。那次面诊，医生用了不到一个小时的时间给布赖恩做了一次精神状态检查，并告诉我们，从他的高智商、他在平衡和本体感觉上的问题，以及他在检查中的糟糕表现来看，几乎可以肯定，布赖恩患有阿尔茨海默病，而且可能有好几年了。布赖恩花了不到一周的时间就决定，阿尔茨海默病的"漫长的告别"不适合他，而我也花了不到一周的时间，用谷歌几番艰难搜索后找到了Dignitas。从夏天到冬天，我姐姐埃伦——她爱我，也爱布赖恩——尽其所能不做建议，不说"要是……就好了"，她没有说或许布赖恩的阿尔茨海默病不会太严重或者进展会非常缓慢，在我不哭的时候她也不哭，在她自己失去最喜欢的人之一以及我们和谐友睦的四人组时不倾吐自己的悲伤。（十四年前，他俩第一次见面，布赖恩派头十足地走进埃伦的厨房，说道，我真的很爱你妹妹。我姐姐没有回头。她说，伤害她的话，我就杀了你。）12月的一个清晨，当我们确信已经为Dignitas扫清障碍时，埃伦打电话给我，对我说，只管告诉我你需要什么。我不情愿地说，两万，我的好姐姐说，给你一张三万的支票。我们最终花光了每一分钱——布赖恩最后又来了几次大型垂钓之旅,他不工作,我也不工作,我们总在外面吃饭,有时午餐晚餐都在外面吃,在纽黑文[2]最好的那些餐厅吃。我们把这笔钱花在了我们最后一次生日宴、四晚苏黎世五星级酒店、专车服务、苏黎世之旅、专程陪我飞回家的朋友往返苏黎世的机票等所有能让那几个月的坏时光变得可以忍受的东西上,还用来支付了Dignitas本身的费用(一万美元左右)。

在瑞士航空的包厢里,布赖恩和我为彼此干杯,我们略有迟疑地说,敬你,而没有说我们通常会说的,Cent'anni(一句非常意大利的祝酒词,"愿我们长命百岁")。我们不会有Cent'anni了。我们撑不到结婚十三周年了。

我们向对方凑过去,又缩回来,各自忙着脱鞋,卸行李,打开航空公司送的小礼包,拿出袜子(太棒了)、眼罩(从不用)、迷你牙膏和迷你牙刷,我们固执地认为这些东西会讨孙女们[3]欢心,但实际上她们从不感冒。

一切几乎正常,就像最近几年我们做过的很多事情,就像飞行途中和登机前的每一件事——去机场的行程、TSA预安检[4](我们在做TSA预安检时,注意到左边一排需要做脱鞋安检的队伍要长得多,为此感到微小而深深的愉悦),以及在肯尼迪国际机场里的美味一餐。一切看起来很正常,除了我还记得,三年前和布赖恩在一起的时光是多么不同,那时他去报摊时我不会眼巴巴地等着他回来。从表面来看,或者在我心里的某个地方(在那个地方,连我也一样忘记了过去的我们曾有过怎样的真切生活),一切几乎正常。

我们没有请阿诺德送我们去肯尼迪机场,这个小伙子总是开着我们的车送我们去机场,再把它开回我们家的车道上。阿诺德为我们,为我们的孩子和孙女们开车已有六年了,他与我们分享他对摩托车的热爱,他戒酒的事,还有他妻子的健康问题。我想,他之所以分享这些,是为了与他所知的关于我们的所有信息——无论他是否想要知道——相平衡。在我们要去哪里这个问题上,我做不到对阿诺德撒谎,也做不到告诉他实情,对于我们为何要在1月下旬去苏黎世,我更做不到编一个半真半假的理由(鬼话连篇的人最喜欢用这种把戏)。说去滑雪?去冰钓?去看苏黎世圣母大教堂里夏加尔绘制的窗户?听到这些,恐怕阿诺德会从后视镜里同情地看着我们,考虑到布赖恩的自尊心和我大多数时候的软心肠,我受不了这样的画面。正如我忍受不了一丁点尖酸刻薄，我也不认为自己能够接受善意。我什么都不想要，最好对我们漠不关心，而这正是我们从本地豪华轿车服务公司的司机那里得到的。在两个半小时的车程中，他只开了一次口。完美。

在肯尼迪国际机场，我们站在4号航站楼中间，商量好了餐厅，比昔客堡好（我喜欢昔客堡，但布赖恩不喜欢），但不如棕榈牛排餐厅好（这家牛排餐厅贵得离谱），但当我写下这些时，我记得我们还是去了棕榈餐厅，毕竟，原因……显而易见。

在肯尼迪国际机场的棕榈牛排餐厅，布赖恩点了所有他想吃的东西——在我看来，他点了一个人可以想象到的一切——除了加冰块的伏特加，在过去一年左右的时间里，他不时提到想要喝伏特加。

在棕榈餐厅，布赖恩点了洋葱圈和一分熟的肋眼牛排，配上一份薯饼、一份凯撒沙拉以及蒜香吐司。他本来还想点一份鸡尾酒虾，但我就像1953年前后的舞台剧中的犹太妻子（我似乎已经变成了这样的人，只差在家烫的卷发和荷叶边围裙），低声说：真的要吗？机场的牛排餐厅里的虾？布赖恩耸了耸肩，而后说：好吧，我对机场的虾并不那么来劲,再说,最坏会怎样?我尝一口,味道一般,然后就不吃了。浪费钱,那又怎样?我可能会因为吃了变质的虾而死,那不是为我们大家省去了很多麻烦吗?或者我可能会食物中毒,不得已错过航班。说到这里,他合上菜单,用他现在经常有的那种神态看着我:带着无可奈何的理解、疲惫,还有一丝略显倦怠的幽默。

这顿晚餐,自始至终,我都泪流不止,布赖恩偶尔会拍拍我的手。我一直哭,因为我爱他,爱他的胃口,爱与之相关的一切:他对感官享受的热爱,他的幽默,以及他高昂的热情。

1 美国的"死亡权"(right to die)是指个人选择在何时以及如何结束自己生命的权利,特别是在患有不治之症或极度痛苦时。关于这一权利的法律和公共政策非常复杂,并且因地而异。在作者写作本书的2020年,有九个州及哥伦比亚特区承认死亡权,在2021年又增加了新墨西哥州,因此,截至2023年,有十个州(加利福尼亚州、科罗拉多州、夏威夷州、蒙大拿州、缅因州、新泽西州、新墨西哥州、俄勒冈州、佛蒙特州、华盛顿州)及哥伦比亚特区允许在特定条件下进行医生协助自杀。在这些地方,进入疾病终末期的成年患者(即病情在现有医疗技术下没有好转可能性,且预期存活期不足六个月的患者),在接受多次评估后,可以请求医生开具致命药物处方来结束自己的生命。——译注(本书注释如无特殊说明,均为译者所加)

2 纽黑文(New Haven),美国康涅狄格州的第二大城市,位于长岛海湾北岸。该市坐落于新英格兰和纽约两大都会中间,是耶鲁大学所在地。

3 本书中的"孙女"实际上包括作者的孙女(伊莎多拉)和外孙女(伊登、艾薇、佐拉),而作者与其丈夫的"祖父母"身份也包含了"外祖父母"这一层,由于作者原文中未特别区分父系和母系的称谓,故译文为行文流畅,也不再格外区分。

4 TSA预安检(TSA PreCheck),美国运输安全管理局推出的一项旨在帮助受信任旅客加快安检流程的计划。具有相关资质的旅客在机场使用专门的TSA Pre通道快速通过安检,无须脱去鞋子、轻便外套和腰带,也无须将笔记本电脑及液体类物品取出受检。

抱歉，我没接到你的电话

2007年，有一小段时间，布赖恩和我分居两地，分别住在美国东西两岸。我在洛杉矶做一档昙花一现的电视节目。每隔两周，他周五晚上一下班就从哈特福德飞过来，在我办公室里小睡一会儿，醒来后与我以及周围还在的随便什么人一起吃晚餐。他会看每周节目的各种脚本草稿，一有机会就到节目现场。他会找个角落坐下，留意每一个细节——服装、化妆、排练和小分歧。他热爱节目摄制过程中每一个超现实和复杂的部分。有一个周末，他早早起床出门，带回一个充气筏。他让我做三明治，而后驱车载我去伯班克的片场。他和保安聊了几句，保安挥挥手，放我们进去了。我们在这个美好的虚幻世界里消磨了一整天，泡在一个真实的泳池里，吃了一顿真实的午餐，在阳光下百无聊赖。布赖恩在泳池里为保安冰镇了一瓶白葡萄酒，我们走的时候，他把酒递给了保安。

两年前，我把我写的新剧本拿给布赖恩读，但我的丈夫、我的啦啦队队长、电视迷、剧本痴、这个多多少少希望我们最终会在银湖而非康涅狄格州的石溪落脚的男人，没有读。[1] 在我们共度的这些年里，布赖恩读了我写下的一切，写完几天后他就会读。过了一周，我问起电视剧本的事。布赖恩说，他还没有抽出时间读。他听起来有点困惑。几周过去了，他没有提起这件事。我横下心来又问了他一次，他说他看不明白剧本的格式，语气中没有恼火，也没多少兴趣。他把它扔在卧室地板上，最后，我把它拿回了办公室。

1　银湖（Silver Lake），美国加利福尼亚州洛杉矶中东部地区的一个社区，是多部电影和电视节目的拍摄地。石溪（Stony Creek），纽黑文东边约二十公里处的一个海滨村庄，风景宜人，属于康涅狄格州布兰福德镇。

2020年1月26日，周日，苏黎世

在肯尼迪国际机场的棕榈餐厅，我们吃饱喝足，给够小费，就去找瑞士航空的贵宾休息室，却发现它临时搬至距离甚远的阿联酋航空的贵宾休息室。在那里，前台的女员工在与布赖恩打交道时爽快麻利，用力地点头以示尊敬（实际上是点头如捣蒜）。对我则报以一个平淡的微笑，而且是侧脸对着我。尽管是我在负责机票和护照，但我们在那儿站得越久，就会有越多"阿米奇先生，我们还能为你做些什么呢？"。我却没有同等待遇。布赖恩不介意，我其实也不太在乎。父权制，还有我那英俊的丈夫，你能怎么办呢？

贵宾休息室干干净净，里面摆了很多水果和自助菜肴，

地道的中东风味、意大利风味、法国风味，应有尽有，还有一个人来人往的吧台。我们找好位置后，布赖恩伸手抓起一个巨大的油炸鹰嘴豆丸子。当然，这不算偷，但我认为，在有银制夹子、小叉子、小盘子和配套的小小的三层小餐巾纸恭候一旁时，把大手伸进那堆油炸丸子里是不礼貌的。布赖恩不在乎这样做是否粗鲁，而这种不在乎不是因为阿尔茨海默病。他从来都没有在乎过。

我们各自都有一些让对方有点震惊的习惯。在家时，我穿着睡衣出门拿报纸，不是那种粉色绲边套装睡衣，而是我自己的款式——一件破旧的T恤和一条大学时代的平角短裤。我们有邻居。他们可以，也确实看到我了。我不在乎。但布赖恩一直都很诧异，打心底里。他认为这很不雅，很邋遢——虽然他永远不会用这个词。（在看过神经科医生之后，他说，为什么要让别人困惑？为什么要让他们以为这个家里有两个阿尔茨海默病患者？然后我俩都笑了，但我还是会在周日早上穿成那样冲出家门。）我的心理学家女儿告诉我，我们是有轻度反社会人格的人。我并不反对这一点。

布赖恩在贵宾休息室里找到一对令他满意的扶手椅，一头扎进《纽约时报》《泰晤士报》中。我不知道现在看报纸对他来说还有什么意义：政治、一些体育新闻（他曾是耶鲁大学的一名橄榄球运动员，但现在他拒绝观看大学橄榄球比赛，因为搞不清楚各个球员，但他仍然关注每支队伍的动态）。他做过四十年的建筑师，过去一向留意房地产、建筑或设计领域的一些花边新闻。但他再也不发表评论了。他过去常常会把一些打动他的事情读给我听，一次读几段，实际上他更喜欢让我在他开车时读文章给他听。我为他朗读文章的次数从来没有达到他的期望，但有一次，在我们穿越康涅狄格州找一家那个地方不太可能有的五星级烧烤店时，我几乎读完了整份《周日评论》。当我犹豫着要不要读最后一篇专栏文章时，他说："亲爱的，坚持到底。"

布赖恩把报纸折好，准备带上飞机，随后又改变了主意。自打我们相识以来，他一贯是这样的作风：精心策划，收藏喜爱之物，近乎囤积，并为自己的需求早做打算。每年的4月到11月，他上车前总要确保后备箱里至少有一根小型钓鱼竿和一些鱼饵。他从餐厅出来时从不会两手空空，总会带上一把又一把薄荷糖，放在床头柜、糖果罐和车上的手套箱里。这次旅行，他没再做这些。我拿给他一沓瑞士法郎。他知道他的药在哪里，还有那一小瓶伟哥。如果他没有带，那就是不需要。如果我没有带，那就是不重要。

我们没有来由地拿走了瑞士航空的所有赠品，并紧紧抓住随身行李包。出门前我坚持要求，我们不带专门的行李箱，因为我不想回家时还要拖着一个大行李箱，里头装满了他再也不会穿的衣服，再也不会吃的药物——在打包时，布赖恩把他那个装了十粒伟哥的瓶子摇得像个沙球，对我说，这东西值得带上。

我不会把他的衣服扔到瑞士版的善心商店[1]，也不会把药品留给清洁工人。简单来说，我只是不想处理这些事情，这些"后事"。在布赖恩去世之后，我必须离开他，我的目标是和一个已经答应陪我回家的朋友一起上飞机。然后我的女儿萨拉会在机场接我，而后萨拉和我会见到我的另一个女儿凯特琳，她们会和我道晚安，我想象着我会倒在床上，两周都不爬起来。但事实完全不是这样。我们带上了我们最差劲的随身行李包——布赖恩出差时用来做过夜包的黑色公文包。布赖恩和我都不想丢掉一个还不错的行李箱。也许我们有点反社会，也的确惯于挥霍，但我们不是那种可以扔掉一个几乎没用过、没有划痕、价值两百五十美元的行李箱的人。

1 善心商店（Goodwill），一家大型连锁二手商品店。1902年，由卫理公会牧师兼社会改革家埃德加·J. 赫尔姆斯主理牧师在波士顿创立。他在城市的富裕区域收集二手家居用品和衣物，而后培训并雇用穷人修补二手物品，再把物品出售或送给修补这些物品的人，由此创造了善心的哲学理念——"不是慈善，而是机会"，并以此为基础建立起"善心事业"（Goodwill Industries）。善心事业不仅销售商品，还为社区提供一系列服务，为残疾人提供就业机会，是美国现今家喻户晓的非营利机构。

书　兄

2014年，当我们搬到康涅狄格州的一个小村庄时，布赖恩受邀加入了一个男子读书俱乐部。他心存疑虑，因为他们似乎更喜欢非虚构作品，但他不喜欢，不过，他很高兴获得邀请，经常参加活动。每当轮到他提议时，他总是会推荐读小说。他们问他为什么想加入他们的读书俱乐部，他回答，我喜欢好的读物，也喜欢与人亲密[1]。他们看起来很震惊，对此他很得意，感觉这是很恰当的自我介绍。偶尔，他会在周末与读书俱乐部里的某个伙伴一起喝咖啡。他说，这些书对他来说通常都太简单了（"我不懂，就是讲一匹克服障碍的马"），或者太煽情了（"奥运赛艇队，他们赢了"），但他喜欢这群人和读书会前后的闲聊时光，直到两年前，几乎关于读书俱乐部的一切事情都开始令他恼火。

我听到他收到电子邮件时的抱怨：日程安排变动太多了；他不知道读书会在哪栋房子举行，他们觉得他知道每个人都住在哪里，因此不会每次都附上读书会的地址。他去参加晚间读书会，搞错了日子，但他并不在意，因为几个月前，一个"书兄"犯过类似的错误，提前一周出现在我们家。布赖恩告诉我，他很喜欢的一位男士，几年前和他一起吃过午饭的那位，要从镇上搬走了。我鼓励布赖恩给他打电话，邀请他共进最后一顿午餐，但布赖恩说太迟了，那个人已经搬走了。有一天，我看着布赖恩的手机（这两年我经常发现自己在看布赖恩的手机，但我假装没有），看到了那个我以为已经搬走的人发来的电子邮件，他在推荐读书会上他想让大家读的书。他只是搬到了距离这里大约十分钟路程的地方，还是经常参加读书俱乐部。

这个秋天，布赖恩拿到了读书俱乐部要读的一本书（实际上，这是我替他从街对面的图书馆借来的），兴致昂扬地和我谈论它。但是我发现，他的书签的位置不仅没有往前推进，而且每隔几天都会倒回去，回到十页之前。他没有去读书会，这本书在他的床头柜上放了好几个月，直到我们为苏黎世之行打包的时候,它依然在那里,因为即便他看到了这本书,它也不重要了,或者他已经忘记了这回事,而我也不忍心去触碰,甚至不忍心提起它。

1　这里的"亲密"原文为intimacy,在英语中亦有亲密行为之意。

2020年1月27日，周一，苏黎世

我们抵达苏黎世，坐上酒店来接机的车子，来到有着鹅卵石路的老城区里的一家精致酒店。这座城市比我们预想的要暖和，正下着毛毛雨。威德酒店富丽堂皇，由一系列通过巧妙设计的电梯和走廊连接在一起的老建筑组成，正是我们度假时会选择的那种酒店，尽管我俩从未想过要来苏黎世。我们路过的每家餐厅里都坐满了成双成对的人，显而易见，大多是一对对穿着商务休闲装的白人直男。有时，他们四人一组。偶尔，还有年近古稀的商人与身穿丝绸超短连衣裙、脚踩系带凉鞋的年轻辣妹（我想的是，天哪，鹅卵石路）。由于布赖恩过去一年在本体感知方面的问题越来越明显（他手上划过一个大口子，从前廊滑下去

过,也从野餐长凳上向后跌倒过),到达苏黎世后,我又有了新的恐惧,我担心他会在老城区湿漉漉的鹅卵石路上摔倒,从而无法到达Dignitas。于是,这次旅行中,鹅卵石路——以及关于鹅卵石路的对话——令人忧虑重重。

在酒店前台登记入住时,我感到局促不安。布赖恩四处溜达,在酒店大堂进进出出,当我在找我们的护照时,我看到他穿过大厅最里头的一扇双开门,我开始胃疼,每次他离开我的视线,我都会胃疼。几分钟后他回来了,我已冷静下来。每次前台服务员问我问题,我都像嫌疑犯一样张口结舌。我们为什么来这里?我们想要一张上面有车站大街所有商店(古驰、芬迪、宇舶、卡地亚)的地图吗?他们要带我去看一眼酒吧和图书区吗?我想告诉布赖恩,这让我依稀想起阿姆斯特丹一家我们很喜欢的酒店,但我害怕他不记得那次旅行和那家酒店了。我害怕他虽然不记得但会假装记得,而我无法辨别他是否真的记得,这种感觉很糟糕,或者我会知道他不记得,这也很糟糕。所以我什么都没说,现在我通常会选择这么做。到达房间时,我俩都已精疲力竭。

房间和酒店一样舒适美观,有顶天的落地窗,可以俯瞰一家面包店和一家珠宝店。(布赖恩怂恿我进去看看,里面的东西很精美,他挑选了一枚他觉得我会喜欢的戒指,我的确喜欢,我俩都很高兴。在过去的三年里,他送给我的一些珠宝实在难看,完全不合我的品味,如果他是其他男人,我会认为他在韦斯特维尔养了一个七十年代波希米亚风格、一贫如洗的情妇,然后不小心把买给她的珐琅铜耳环和手镯送给了我。苏黎世的戒指非常美,由金子锻造,是专门定制的,上面镶嵌着小小的蓝色猫眼石,恍若夜的碎片,每一枚的价格为一万美元。布赖恩和我礼貌地微笑,走出了这家店。他说,我想送你点什么……我知道他的意思是让我留个纪念。周四之前,我们为此最后一次一起哭泣。)

天在下雨,但成双成对的人还是走进酒吧和拐角处那家大型的老式茶馆。我们可能是来度假的,我想。

回到房间,我们在大窗户前站了几分钟,一切几乎正常的感觉就像一股金属的腥味,再次钻入我的鼻腔。如果真的正常,我们会打开行李,冲个澡。换句话说,布赖恩会打开行李。我会先晃悠一下,再洗澡,指望他会帮我整理行李,尽管这种情况很少发生。然后我们会上床小睡一会儿或者做爱(总有很多伟哥有待用完;布赖恩囤积伟哥,就和我母亲囤积罐头一样——以防万一),或者我们会裹得严严实实的,走出房门,去巴黎的一家摩洛哥餐厅,这家餐厅的厨师在听到布赖恩的声音时，会冲过来迎接我们。（我们第一次光顾时，布赖恩点了很多菜，厨师走出来，惊讶地看着我们的桌子：只有你们俩吗？他笑起来，然后给布赖恩多送了两小份塔吉锅炖菜，因为布赖恩还没有尝过羊肉或鸽子肉。）还有伦敦那家充满朋克气息的烟草店兼理发店，我们每次一落地伦敦，就会提着行李箱径直过去，在一家如此小的店里，布赖恩理了他此生最漂亮的发型，离开时我俩都很嗨。而这次，我们茫然地望着窗外，齐声叹气。我们脱下衣服，爬上床。布赖恩睡了几个小时。

有时，我担心，一个更好的妻子，当然是另一个妻子，会拒绝这个决定，会坚持让她丈夫活在这个世界上，直到他的肉身大限已到。而我觉得，支持布赖恩的决定是对的，不过，要是他能自行安排好一切，我只要像个顺从的小鸭子一样跟在他后面，那会感觉更好，更轻松。当然，要是他能自行安排好一切，他就不会得阿尔茨海默病——再说，要是他愿意自己安排一切，他就不会是布赖恩了。我醒来，整理行李，这一环又一环的思绪在脑海中来来回回。

我想起苏茜·章，我的别具慧眼的塔罗牌占卜师（如果你认为从塔罗牌中寻求安慰是荒谬的，我不会与你争论），她用乌鸦塔罗牌占卜可能发生的事情，或者我可能希望缓和的事情。我的女儿们反复出现在我眼前，或是两只乌鸦，或是两头狮子，或是两面盾牌，再说一次，如果你认为这愚蠢至极，我不会表示反对。和布赖恩出行前，我做了最后一次塔罗牌占卜。揭开战车牌，苏茜和我看到角落里有一只小螃蟹。"这是你的牌，"苏茜·章说，"你必须驾驶这辆战车，你驾驶它时必须硬起你的壳，否则它会把你压碎。"她接着说："在一切结束之前，你不能放手。"我连连"嗯嗯"。她拍了拍纸牌说："如果你松开缰绳，它会压垮你的。"我突然哭了起来。大多数时候，我确实觉得自己像那只小螃蟹，身披铠甲，却又脆弱无力。

去苏黎世时，我只带了洗得褪色的黑色和灰色衣服以及我日常穿的内衣。我不打算——像我母亲在其他事情上所说的那样——郑重其事。我试着计划我们可以在苏黎世做点什么"有趣"的事情。在家里时，我们欢欢喜喜地列了一个清单，写了十几个事项，包括苏黎世最好的餐厅。最后，我们真的去看了夏加尔绘制的窗户，沿着车站大街漫步了几次，还去了苏黎世湖（导游说，那是蒂娜·特纳[1]的房子。我们挥手致意。我觉得她与这个瑞士男人拥有一段愉快的、充满爱意的婚姻，我为她感到高兴），以及街角的一家不错的意大利餐厅。整个旅程，我只能穿瑜伽裤和一件被虫蛀过的开襟羊毛衫。而此刻，我们身在此地，正努力打起精神，下楼去吃晚餐。我想，如果我们能早上起来吃吃酒店的早餐，对前台服务员致以微笑，参加已经预订好的苏黎世湖观光之旅，并参观那些著名的夏加尔彩色玻璃窗（毕竟布赖恩的爱好之一就是制作彩色玻璃），那么，我们就算不负此行——也将填满从周一到周四早上的时间。

第一晚，我们设法去了威德酒店的米其林星级餐厅，但我俩都摸不着头脑。那里既没有水也没有面包。服务员看起来更像是一个正忙着完成论文的人，在等着我们离开他的研习室。

"你知道塔帕斯[2]吗？"服务员问道。我回答说，我们确实知道塔帕斯。

"那么，这就是我们这里的塔帕斯。"他边说边递来菜单，菜单上列着，三只大虾五十美元，一小根鹿肉香肠四十美元。我们看了看邻桌上的菜，一勺牛肉汤，里面有一个肉丸和一片蘑菇。布赖恩和我盯着肉丸和菜单，而服务员一动不动地站着，于是，我们从酒吧点了鸡肉三明治。我很生气，压根儿不想点二十二美元的阿佩罗鸡尾酒。不过，薯条美味极了。

1　蒂娜·特纳（Tina Turner, 1939—2023），瑞士籍美国歌手、影视演员。曾获格莱美最佳流行女歌手奖与最佳摇滚女歌手奖。

2　塔帕斯（Tapas），西班牙的一种下酒小菜，正餐前食用，食材丰富，一般配小面包片。

临时批准

我们约了周四去Dignitas所在的公寓，在此之前，Dignitas的瑞士籍G医生将和布赖恩进行两次面谈，分别在周一和周三。在与G医生第一次面谈之前，我们还有一天时间要打发。在与我们的Dignitas联系人海迪的最后一次电话交流中，她向我们透露了她的真实名字（S），并告知，我们已经"在获得临时批准的路上"，而后我们收到了更加正式的电子邮件，声明我们现在已经获得临时批准，一名瑞士医生将为布赖恩开具戊巴比妥钠[1]，布赖恩将在Dignitas的公寓内饮用这种药物，完成"陪伴性自杀"。因此，G医生会检查布赖恩的辨别力和决心，如果布赖恩在面谈中表现得和预期的一样好，我们将在周三获得完全批准，而后在周四前往Dignitas所在的公寓。(正如我姐姐说的:"这就像你想尽一切办法让你的孩子进哈佛大学,你做到了,而后他们把他杀了。"埃伦被自己说的话吓坏了,我听到这句话时也吓坏了,但她说得没错。)

我对Dignitas百依百顺。秋天那会儿,我们在家里的电话面试经常被推迟,半小时后才收到电子邮件通知,我没有半句怨言("他们是瑞士人,"我说,"他们怎么会迟到?他们怎么会又一次迟到?"),尽管布赖恩和我坐在厨房里,紧张得喘不过气来,把贝果放到一边,以免发出任何不合时宜的声音,等着电话响起,等着布赖恩开启免提,如果他们问了一些他回答不了的重要问题,我可以在我们面前的笔记本上写下答案,好让他可以回答。这种情况只发生过一次,是在S问他为何希望结束自己的生命时,他停顿了一下,不是因为他不知道答案,而是因为他忘了阿尔茨海默病(Alzheimer's)这个词。有时他说的是安海斯(Anheuser),就是那家生产质量尚可的啤酒的公司安海斯-布希(Anheuser-Busch),有时他说的是关节炎(Arthritis)。到我们离开家去苏黎世的时候,他已经记不得孙女们的名字,搞混各种事情的日期,在超市里找不到路,但他一直记得他得的病的名字。

在与S通话的过程中，我努力控制颤抖的手，用巨大的字母尽可能工整地写下"阿尔茨海默病"。布赖恩向我点点头，清了清嗓子，好像只是因为问题的重要性而有点情绪波动，随后他若有所思地回答：我不想结束我的生命，但我宁愿在我还是我自己的时候终结它，而不是变得越来越不像一个人。

这是我们自8月以来就一直努力争取的电话，五个月以来，我们清楚地认识到，Dignitas是布赖恩的最佳选择，也许是他仅有的选择。

如果不是因为神经科医生在布赖恩的磁共振成像（MRI）检查的实验室报告中写道，她之所以要求做这项检查是因为布赖恩"重度抑郁发作"，这通电话可能会来得更早些。神经科医生这么写很容易，但这并不是真的，如果她能稍稍认真或者准确一些，我们可能在9月就被Dignitas接受了，虽然那时我们其实还没有准备好。到了12月，当S告诉我们，我们可以继续推进流程，我们可以在1月去苏黎世时，现实就摆在我们面前了：一个没有布赖恩的世界，没有了他，世界还会继续运转，我形单影只，他或在尘土或在星辰之中，却不在我身边。我们再次感谢了S，然后挂断电话，相拥而泣，而后没有说话，直接上床小憩，那是上午十一点。

1 戊巴比妥钠，巴比妥类镇静催眠药，用于安乐死和死刑执行中。该药长期使用易产生心理依赖，在我国属于受严格管控的第二类精神药品。巴比妥类药物是一系列有镇静催眠药物的巴比妥酸衍生物的统称，根据单次使用后起效时间和作用持续时间，可分为超短效类、短效类、中效类和长效类。

2020年1月27日，周一，苏黎世

根据Dignitas的数据，获得临时批准的人中有70%再也不会联系Dignitas；这些人需要的是定心丸，是保险。但我们不是这样。12月初，我们还在盼望批准。我们收到一封电子邮件，说Dignitas办公室将从2019年12月21日到2020年1月6日关闭。邮件里还说，我们寄过去的布赖恩的出生证明表不对，在收到正确文件之前，不能也不会把我们在苏黎世的预约排上日程。S附上了一份推荐酒店清单，所有酒店似乎都相当不错，其中几家非常像瑞士山区里的小木屋，装修别致，可以俯瞰苏黎世湖。

徒步有益健康，然而，布赖恩不想绕湖徒步。一如既往，他希望住在市中心，要么在最古旧，要么在最现代化

的地方。他让我另外找一些酒店备选。他说，只管谷歌一下，给我看看结果。我们就此开启了苏黎世的虚拟之旅。苏黎世是一个寒冷的瑞士城市，这里说德语，出名之处包括：巧克力，春季钓鱼胜地，保留着二战期间受迫害的犹太人存在银行里的财物（且在2000年之前没有归还过一分钱或一幅画作），以及一家俯瞰著名的夏加尔窗户的好餐厅。

（简短版：当我们踏足苏黎世时，我们看到了那些美丽的窗户。20世纪70年代，苏黎世圣母大教堂委托夏加尔完成这项任务，当时他已经八十岁了。他用三年时间创作完成了五扇窗户：雅各布与天使的搏斗。世界末日——吹号角的天使。耶稣受难的巨幅场景。我爱夏加尔，但这些真是让我厌烦。布赖恩看了又看，仔细观察颜料、线条和焊接处，然后我俩转身离开了幽暗的圣器室。我们不在乎，也没有被打动。后来在茶馆，我们度过了愉快得多的时光。我们品尝了特别完美的红丝绒蛋糕，蛋糕上面覆着微微晃动的红色明胶，最上面是像帽子一样的薄薄的巧克力圆顶。这，才是我们喜欢的。花十五分钟看窗户，一个小时吃点心。）

2019年7月
蓝色笔记本

我希望我们预约的神经科医生能解释一下布赖恩这几年的某些举动，那些令我困惑伤心，让我止不住地担忧的举动：在抱怨过手机和手机日历后，布赖恩开始在家里随身带着一本六页的纸质日历，从一个房间到另一个房间，就和我祖母过去总是挎着她那古旧的塑料手提包一样。当我说我们不需要日历时，他火冒三丈。当我提醒他，厨房里有一个巨大的白板日历，用于协调安排医生预约和社交活动，并且在他的要求下，我已经在很多格子上填上了他的预约和我的预约时，他说，我从来不看那玩意儿。

当我希望像我们过去那样度过一个愉快的夜晚（作为两个全职工作的成年人，我们看过很多很多电影，吃过很多很多爆米花），于是说"我们今天晚上或者明天去看电影吧"的时候，他站起来，找到他的纸质日历，拿着它回到我面前，认真研究起来，尽管在五分钟车程之外的十二家影院里，晚上七点总会有电影，而我们家既没有孩子也没有狗需要照顾。每次我们说起接下来的活动安排，即便只是点外卖，他都会端起日历。我看到他把事情写下来，笔迹歪歪扭扭，跟以前完全不一样了。

几年前，我们开始用笔记本来"帮助我们交流"。我比布赖恩更喜欢这个主意，但最终他也喜欢上了这种方式，用它告诉我他去散步了，或者我们需要卫生纸了，或者他出去办事了。有了笔记本，他就不那么依赖手机了，他对此很满意。我们刚结婚的时候，就开始用笔记了，那时我会在厨房桌面上留小纸条，用盐瓶压好。上面可能写着：你母亲来过电话，或者周六晚上和某某人一起吃饭。布赖恩看不上小纸条——有些随意，太不认真——所以他要求用笔记本。几年前开始，每一个笔记本在他眼中都有一些非常具体的毛病：太大了，太小了，没有标明日期，没有标明具体时间。我按他的意思一一改进（并不是次次顺利），最后我们选择了一套深蓝色的螺旋笔记本，我学会了在每一页的最上面用大号字写上日期。我学会了分门别类地列清事项，我了解到聪明或可爱的做法（画画、贴纸、提问）不仅浪费时间，而且令他烦心。我们用掉了几十本深蓝色的笔记本，直到我们去苏黎世以前，这是少数几种不会经常让我们沮丧的交流方式之一。

这些本子我还留着。

2020年1月27日,周一,苏黎世

在与Dignitas的通信中,我的语气始终是含蓄的恳求,掺杂一点小幽默,以表明我们不太难相处,还带有一丝"请注意我对细节的关注很瑞士"的意味。我尽可能地模仿英国范儿(我认为,你不可能用犹太式的大声嚷嚷,也不可能用意大利式的焦躁的方式说瑞士德语)。我给她们发送的每封电子邮件里都有相当、有点或也许这样的词,通常是三者兼有。我希望展示出耐心、清晰的思维以及某种动人而庄重的坚忍。

我们有点担心,因为我们的联系人这周不在办公室,所以我们要等到1月6日之后才能收到有关计划的信息。

这让我们觉得似乎还要过很长一段时间，才能着手计划。

你提出联系人"将尽快联系我们"，请问大概会是什么时候？

谢谢你的帮助。

布赖恩·阿米奇和埃米·布卢姆

发件人：埃米·布卢姆

已发送：2019年12月17日，周二，15∶44

收件人：Dignitas

主题：出生证明已收到

亲爱的布卢姆女士，亲爱的阿米奇先生，

你们的联系人将尽快给你们回复，最迟在我们的假期结束，也就是2020年1月6日之后。

DIGNITAS团队谨启

DIGNITAS

有尊严地活着

有尊严地死去

2020年1月27日，周一晚上，苏黎世

我希望在G医生来我们酒店的时候，我能耐心、坚忍而庄重地对待他。他给我打了两次电话，把面谈时间改了两次，现在我们把面谈时间定在周一晚上十点，有点怪异。这么晚的时间让面谈显得更加神秘，也更加重要。我担心G医生会在前台停留，他们会发现他是来和布赖恩面谈，为布赖恩周四的预约授予医疗批准的，而某个善意的、看重生命的行李员或夜班经理会阻止我们。我在想，为了防止发生这种情况，我是不是得去大堂里盯稍。布赖恩说这不是我该做的。我盘算着布赖恩需要给G医生什么样的答案，以及我应该如何表现。我穿上黑色衬衫和黑色羊毛开衫，照了照镜子。瑞士人似乎相当保守，所以这样穿可能是合

适的。我想展示支持,恰当的支持,无论那应该是什么样的。幸运的是,我不是为了钱而结婚的,无论瑞士当局如何细查,有一点很清楚,我与布赖恩结婚或支持他结束自己的生命,并没有获得"经济利益或好处"。他们寻找的是不是真正的心碎迹象,而不仅仅是听天由命?事实证明,这种"经济利益或好处方面的证据"正是Dignitas所提供的服务所依赖的法律漏洞。瑞士法律明确规定,如果你可以得到明确的经济利益,协助或鼓励自杀就是非法行为;法律说的是"自身利益",在我看来,这指的并不单单是金钱利益。然而,如果你没有这样的利益可得,你就可以协助别人结束其生命——这就是Dignitas迄今为止为三千人所做的事情。

2005年9月,康涅狄格州达勒姆[1]
我们如何相遇

布赖恩和我坠入爱河的过程就跟小镇上那些身处不幸的伴侣关系的中年人一样:我们是共和党镇上的自由派民主党人,满是北欧人的镇子里的少数民族,固执己见又爱夸夸其谈,愿意在每年9月的集市上摆开达勒姆民主党热狗摊(卖热狗和苹果酒)。我忽略了他糟糕的发型和飞行员眼镜。我敢肯定,他也忽略了我对体育的兴致索然和我的不耐烦(布赖恩可以花几个小时谈论一座塑料凉亭或图书馆的额外停车位)。我们一直一起散步,因为我们的伴侣都不喜欢散步,我们在公共场合,在当地的民主党早餐俱乐部一起聊天,然后,忽然之间,变成在私下里聊天。他说,我高中时是三项运动的队长。我笑了。他说,本来是四项运动,但你不能同时参加棍网球和棒球比赛。我说，是吧。然后，他握住我的手。他问，你的家庭是怎么样的？我说，纽约的犹太人，你呢？他说，哦，我们是橄榄球之家，有三座海斯曼奖杯。我问，什么是海斯曼？他吻了我。我回吻了他，然后在接下来的一年里，我们理智地避开了对方。一年后，在纽黑文喝了点马提尼酒后，他终于邀请我和他一起散步。

他说，我不傻，我知道这会如何结束。你会告诉我，我们不应该这样对我们爱的人，或者我会这样告诉你，然后我们会回到原本的生活中，回到我们应该待的地方。而我永远也无法释怀。或者，我们摧毁现在的生活，在一起。

他说，在我们回到各自的车上之前，我只想说这些。我知道你可以和谁在一起——某个有钱人、某个大才子，或是你姐姐为你找的某个家伙。但我知道你应该和谁在一起。你应该和一个不介意你比他聪明，不介意大多数时间你是主角的男人在一起。你需要和一个支持你努力工作并会在深夜给你送来一杯咖啡的男人在一起。我不知道我能不能成为那个人，他眼中含泪，说，但我想试试。

我们结婚了。

1　达勒姆（Durham），石溪以北约三十公里处的小镇。

2020年1月27日,周一晚上(续),苏黎世

根据我的理解,在整个流程中,G医生既是我们的向导,也是一条潜在的减速带。布赖恩对所有事情都很清楚,除了具体的日期。我决定不把具体日期看得紧要,因为不断提醒他这件事令我们感到既害怕又疲惫。一个朋友的朋友曾带着她患有脑癌的父亲去过Dignitas,她告诉我,很重要的一点是要让布赖恩亲自打开酒店房间的门,以表明他掌控着整个流程。我把这一点告诉了布赖恩,他点了点头,但我能看出他不会在听到敲门声时就立即起身。在我们办过的每一场聚会上,布赖恩从来不会冲上去招待来客。他喜欢当客人,之后他会洗一大堆锅碗瓢盆来弥补。我不知道如何才能确保由他开门,甚至不确定这是否重要。我

只是不断地说：医生会敲我们酒店房间的门。（我还担心礼仪问题。医生会期待我们为他上茶吗？他看起来像手持大镰刀的死神吗？答案都是否定的。）

医生敲响房门那一刻，我差点大叫起来。

布赖恩优哉游哉地走过去开门，显现出他最为和蔼可亲的布赖恩式自我。（我们过去常说，布赖恩可以和任何人聊天。他可以和一根树桩闲聊，最后，那根树桩会和布赖恩拥抱告别，感谢他带来了一个美好的夜晚，并邀请我们所有人参加下一次树桩聚会。）

G医生个子不高，他有一双迷人而忧伤的大眼睛。我们先握了握手，然后布赖恩和G医生面对面坐下。我问G医生，我是否可以留下来听他们谈话，他看起来很惊讶。他温柔地说，我当然应该留下来，因为这一切也与我有关。我开始哭，两个人都友善地看着我。我给自己倒了一杯水。G医生（他说："莫伊舍。"那是我父亲的名字，不知何故，我稍稍感到宽慰，我知道我已经失去了理智）询问我们的航班。他顺带提到，他之所以这么晚才来是因为他在城里参加了一场音乐会，音乐会后过来最方便，因为他住在湖边，不是每天都进城，但由于我们选择住在老城区，他不得不专程来见我们——他并不是在抱怨。我只能说，他这种轻描淡写的抱怨很犹太人,即在每句话的开头和结尾都向我们保证,他绝对没有在抱怨。我恳请他喝杯水,他照做了,可能是为了让我别再哭泣。他打开一个文件夹,对布赖恩说,我看了你的申请后,就知道我会见到你,只是没想到会这么快。布赖恩说,这个时间窗口不大,我的意思是,没有人知道他们自己还剩多久,还有多少时间来做这个选择。G医生看起来好像要反驳,但他说,你说得很对。

他说,他父亲死于阿尔茨海默病——从方方面面来说,父亲的死亡过程都是漫长而痛苦的——之后,他开始帮Dignitas做事(他是一名眼科医生)。他说,Dignitas有八位医生,他们都很忙。我担心他会再次提到从苏黎世湖费劲地赶到市里需要多花多少时间,但他没有。他对布赖恩说,我会问你好几次,很多次,你是否确定你想这样做,我想让你明白,在任何时候,从现在到最后行动之间的任何时间,你随时可以改变主意,不这样做。我希望你不这样做,他轻声说,布赖恩点点头。G医生说,那么,你确定你想在周四结束生命吗?布赖恩说他确定。我又开始哭了,谢天谢地,两个人又一次没理会我。G医生微笑着点点头。

他拿着文件夹愉快地说,在我看来,你什么都不相信,阿米奇先生。布赖恩笑着说,我相信很多东西,但宗教和来世不在其中。好吧，G医生轻声笑道，你会比我先搞清真相的，记得告诉我。布赖恩笑了。

G医生的语气变了。让我告诉你接下来的事：你要在早上十点前到达我们位于苏黎世郊区的公寓楼，不要迟到，Dignitas会派两个人来接你，他们会请你进去。你可以慢慢来，他说，不着急的。他看着我，好像他能看出我是那种风风火火的人，而我想向他保证，我们在苏黎世的每一分钟里，那个努力让时间倒流的人是我。

他说，到时需要填一些文件，那里有巧克力，他们会给你止吐药，这样你就不会吐了。在那之后，你最多有一个小时的时间来考虑要不要喝下饮剂。如果你需要更多时间，他们会再次给你用止吐药。再一次，你将会有大约一个小时的时间来喝下饮剂。喝完之后——有一点苦，他说。我想知道他是怎么知道这一点的。喝完之后，你会进入浅睡眠，随后是深度睡眠。然后，一切结束。阿米奇夫人，你可以陪他坐很久。（我很高兴他称呼我阿米奇夫人。我知道布赖恩也喜欢听到这个称呼。）

布赖恩认真地点点头。G医生说，在这个过程中，你随时可以改变主意。无论是现在，还是周四早上。没有人会感到惊讶，或者烦恼。我们都会为你感到高兴。（我不明白怎会如此。也许我也会高兴，但前提是这意味着魔咒被打破，我丈夫完完整整地回到了我身边，也回归了他自己，最近这几年到头来只是一个可怕的考验，是一个接一个的毒苹果，来证明我亲爱的他值得拥有他以前的生活。）布赖恩摇摇头。

"我知道我在做什么，"他说，"对我来说，这么做是对的。"

G医生点点头。"我知道，"他说，"但我会继续问下去。"

他走了之后，布赖恩和我坐回原处。我说，G医生看起来很友善，布赖恩表示赞同。布赖恩说，一切顺利。我表示同意。我们并肩而眠，指尖相触。

城堡之王巴布[1]

随着我们的每一个小女孩,每一个孙女的到来(布赖恩一刻都没有想过他竟然会有孩子。"我才是孩子。"他喜气洋洋地说),布赖恩变成了一个越来越好的祖父,最好的巴布。"我感觉自己像是抢了银行,"他经常这么说,"从来没生过孩子,直接带孙女。我是有多幸运?"每个小女孩都有一个阶段,在两岁到四岁之间,那时他是乐高之神、塔楼领主和城堡之王。我们有她们每个人的照片——站在布赖恩的写字台或咖啡桌上,比他还高,自豪地指着一堆比她们高出一大截的积木。布赖恩称赞一切显现出建筑或工程技巧的事物:她完美地复制了图片!看看那个多么牢固——她打的地基相当不错!看到她是怎么把所有蓝色积木都放在建筑围护结构的一个角上的吗？我做过一栋这样的建筑。

当每个女孩稍稍长大一点，表现出对更精致的乐高积木的兴趣时，布赖恩会在厨房的餐桌旁，将硬邦邦的粉红色花束扣到小小的绿色茎干上，拼砌一面淡雅的有精美马赛克图案的砖墙，把手机大小的淡紫色房车挂在微型汽车后面，而小女孩高兴地等待着，偶尔递给他一块积木或分享一些巧克力。（一位来访的远亲在布赖恩的床头柜上发现了一碗糖果，说，天哪，布赖恩叔叔是世界上最幸运的人。孙女们耸了耸肩，很高兴知道这个秘密，很高兴成为那个特别的人——能够径直把手伸进储藏室里巴布的糖果罐中，只会得到巴布一个会意的眨眼；巴布还会转过身，用厚实的背挡住她们，不叫她们被父母发现。）

1 在某些文化中，巴布（babu）是对所爱之人的昵称。在斯瓦西里语里，babu意为祖父。

2020年1月28日，周二，苏黎世

我们四处溜达，探索车站大街上的高档商店，然后又一次一路走到了苏黎世湖。我们往回走。我们无法鼓起勇气走进商店或像往常一样随处看看。（我们曾经在芝加哥一家极其昂贵的男装店里快乐地待了半个小时，就为了让布赖恩试试深蓝色软呢帽、米索尼围巾和羊绒套头衫。）酒店附近有一家玩具店，我们在那里研究了很久。我想从苏黎世给孙女们带点什么。我们给双胞胎伊登和艾薇买了一个雪花玻璃球，球里面是两只兔子，尽管我并不想让她俩分享礼物；只有一个雪球，突然间，仿佛整个苏黎世都没有一件像样的礼物可以让我带回去了。

我们会假装事情是这样的：外婆和巴布去欧洲度假。

在那里，巴布死于脑部疾病。

关于这件事，我已经和我的治疗师韦恩谈过十几次了。当我对布赖恩的担忧和埋怨变得没完没了时，一位朋友向我推荐了韦恩，一名精神科医生——四十年前我还在读研究生时就见过他，他那时阔步走在耶鲁大学的大厅里，恍如精神分析之神。我打电话给他，自我介绍说我们以前见过；他显然不记得我了，然后我突然哭起来。我说，希望你能帮帮我，我想杀了我的丈夫。我一直在哭。他说，你想杀他是因为你爱他。我说，你说得对。对我来说，韦恩在这次苏黎世之行前后拯救了我，最终，他也拯救了布赖恩。

过去，韦恩既治疗儿童也治疗成人。我和韦恩还有我的孩子们——四个可爱的小女孩（布赖恩的宠儿）的父母——讨论过，对巴布和他的去世该说些什么。韦恩一遍又一遍地说，最简单的就是最好的。此话不假。我和我的孩子们说过，如果他们希望以另一种方式讲述他的故事，如果他们希望采用另一种方式，我会尊重他们的选择。死亡权（以及我们是如何获得这一权利的），当她们心爱的巴布迈向死亡之时我就坐在他身边任由他死去（以及我为何任由他死去）——让一个十一岁的孩子、两个六岁的孩子还有一个两岁的孩子涉入其中，我们所有人都不觉得这会有什么好处。她们都会非常想念他，而我很确定，四个孩子都未曾察觉他有什么问题。但我知道，如果我们现在不去Dignitas，她们不久之后就会陷入悲伤，再之后，她们将会为他的生命终于走向尽头而长舒一口气。而此时此刻，她们只需经历一次心碎。对布赖恩和我来说，重要的是，她们会记住他是慈爱的、好玩的、傻傻的、会分享糖果的、摸起来软软的巴布。我想等她们长到足够大的时候，如果她们愿意，她们会读这本书，还有他写给她们每个人的亲切的小便笺，所有便笺都是这样开始的：我希望我能活得久一点。当她们十几岁的时候，她们可能会因为我们对她们撒了谎而生气。没关系。我们尽力了。

2020年1月29日，周三，苏黎世

我们逛街，吃饭，和我相识最久的老朋友碰头，她飞来苏黎世，只是为了在我失去布赖恩后不得不独自旅行时，陪我一起飞回家。其他人，包括我所有的孩子，都主动提出要来。我儿子说，如果你不希望你俩在那儿的时候我也在，那我可以周四在苏黎世机场接你，然后和你一起飞回家。有些人很快就提出要来，但稍后在考虑实际出行时又表示不来了。我的老朋友打来电话说，告诉我你需要什么，我告诉了她，开着免提，这样布赖恩也可以发表意见。我告诉她，我们在那里不需要太多东西。布赖恩点点头，在我们挂断电话之前，他大声喊道，谢谢，亲爱的！后来我给她发短信说，我预计我在回家的路上，在苏黎世机场的

表现不会太正常，她唯一要做的事情就是带我上飞机回家，回到纽瓦克机场，别搞出什么大麻烦。她说，我可以的。她做到了。

我们还有一天的时间要打发。我们四处走动——我在路口拍照，以免迷路，每次我举起手机，布赖恩都会继续往前走，说我们不会迷路的。我们聊天，无精打采。后来回到家后，我在包里找到一张索引卡：1月29日，痛苦与乏味。每吃完一顿饭，我们都会睡一觉。当布赖恩醒来时，我们用我的手机读诗：布赖恩钟爱的男诗人约翰·贾尔迪，女诗人辛波斯卡；我读我的简·赫什菲尔德和简·肯庸。我不敢朗读，只能默默地读，甚至不敢看我最喜欢的赫什菲尔德写的那句"让嫉妒的诸神收回他们能收回的"，因为，好家伙，他们——嫉妒的诸神——已经向我展示了这一点，就在刚刚，不是吗？布赖恩说他想出去散步，穿上了夹克。我拿起毛衣和笔记本，之前我在本子上记下了G医生推荐的最佳路线。在苏黎世，我就像是一个讨好型的广场恐怖症患者；一想到要走到比街角的茶馆更远的地方，就感到害怕，我很想向布赖恩隐瞒这个事实。我只是在最近几个月才变成一个焦虑的人，而我的应对和转移机制还不够精良。

我们甚至不能玩金拉米[1]。我们无法阅读。我想有一些发自内心、触动灵魂的对话，就像我想象中一些人在临终时所做的那样。(尽管我曾在好几张临终床前守候过，但那些床边并没有最后一刻的忏悔、断言或深情流露。垂死之人往往痛苦、疲惫，要不然就是服用了大量药物。我父亲轻轻拍了拍我的手，误以为我是我母亲。我母亲抓住我的手臂说，天哪，亲爱的，做点什么来止痛吧。正如在谈到我的种种期望时，我老爸经常说的那样：希望战胜经验。)

1　金拉米，一种扑克牌玩法。

第二部分

终结生命

令我惊讶的是，人们对我说："嗯，为什么要去瑞士？我是说，为什么不去俄勒冈州、科罗拉多州、夏威夷州，或者佛蒙特州？那些州有死亡权法律。"（就在我丈夫去世之前和之后，都有人对我说这句话，令我异常错愕。）加利福尼亚州、科罗拉多州、俄勒冈州、佛蒙特州、蒙大拿州（2009年州最高法院裁决通过）、哥伦比亚特区、新泽西州、缅因州、夏威夷州和华盛顿州的死亡权（医生协助死亡）法律要求，你必须是或成为该州的居民（有时简单快捷，但并不总是如此），才能申请医生协助自杀，而且要求你始终神志清醒，经医学评估只剩下六个月的生命，并能够向两名当地医生表达自己想死的愿望，通常要表达三次，两次口头，一次书面。

这些法律大同小异，它们故意设定了严苛的门槛。实际上，你必须无比接近鬼门关，才能让医生发誓说你会在六个月内死去。你需要与两名医生面谈，间隔几天，坚决表明自己没有精神病、自杀倾向或抑郁症，并希望医生同意你的看法。你必须能够在没有任何帮助的情况下吞下医生开的药物。医生会不会足够体贴地给你开一种药粉，能冲成苦口但容易喝下去的四盎司药水？在某些州，你必须能自己走进药店购买致命的处方药，因为以任何方式向你提供帮助都是非法的。我不确定这一条款的执行力度有多大。

身处绝症晚期，选择死亡并能够独立行动，这是一个刻意设定的狭窄入口。许多人无法满足这一条件。他们无法很好地吞咽。他们的言谈不够清楚。他们不能自行端起玻璃杯或调制饮料。（在美国大部分地区，帮别人端起玻璃杯是一种犯罪行为。）

那些确实希望结束生命，减轻自己所遭受的巨大痛苦和丧失之感的人——他们在美利坚合众国是不走运的。

2019年3月，康涅狄格州石溪
突然而缓慢的事

也许，我很幸运——在髋关节手术后，布赖恩开始担心自己的记忆力减退，并愿意接受检查，这主要是因为他认为，且希望，他糟糕的记忆力可能只是3月手术置入髋关节假体时所用的麻醉剂留下的不良反应。我已担心他的记忆力和平衡能力好几年了，既然他现在也开始担忧，那么我便可以把我的担忧说出来了。

尽管如此，他的失忆还是让人感觉来得很突然：名字消失，不断重复，信息颠倒，约见和用药都很混乱。突然间，似乎所有事情都会让我们争论不休。

在术后检查时，布赖恩那位技艺出众的外科医生（就叫他髋膝医生吧）欣赏了自己的髋关节置换作品后说，这确实会发生——记忆力减退、术后认知能力下降、麻醉的不良反应。他说他认为布赖恩不是那种会发生这些情况的患者：布赖恩身体健康，没有心脏问题。但是，眼看布赖恩没完没了的抱怨即将毁掉我们术后绕房间行走的庆祝活动，于是，髋膝医生补充说，他确实有几个病人在那类麻醉后出现头脑迷糊、记忆受损的情况。他用那种对自己手术的成功毫不怀疑的优秀外科医生的自信口吻说道，这些问题都会过去，再等六周看看。

在那六周里，布赖恩的短期记忆有所好转，但他在其他方面后退了。他这样一个合群的人，竟不想见朋友，除了钓鱼的时候。他现在只谈论过去，谈论他的童年和橄榄球。我无法引导他谈论任何其他话题。晚上，我说——因为我不知道还有什么更好的可说——也许我们可以谈谈我们现在的生活，因为它正在进行，他和我，他的退休，孩子们，孙女们，还有我们的朋友。他说，当然可以。但我们并没有谈，只是看了几小时的电视。

一个春天的早晨，我因为布赖恩似乎一直在疏远我而哭了很久。那一刻我能看出，他在为我担心，诚心诚意地为他让我难过而感到抱歉，但我也看得出来，他并不真的知道我为什么难过，哪怕我提醒他想一想我们昨天那场漫长又无意义的争吵，他也还是不知道。意识到这一点之后，我哭得更厉害了。我们仍然时不时在周日谈一谈，这是一个重要的习惯：谁伤害了谁的感情，谁欠对方一个道歉，我会更早道歉，他会稍晚一些，但会在晚餐前说出来。布赖恩不是不会用"我没那么说"或者"就算说了，我也不是那个意思"这类说辞，但我喜欢他的一点是，他愿意承认错误。一阵怒火之后，乌云会散去，而我的丈夫会更深入一点，通常会给出真诚的道歉（我最喜欢的是："对不起，我真是个笨蛋"）。但现在，乌云没有散去；道歉很苍白、无力、淡漠。

我感觉他在一块玻璃后面，我拼命敲打着玻璃，对他大喊：为什么我们之间隔着一块玻璃？它是从哪里来的？把它拿走！布赖恩关切地看着我，困惑又烦躁，他说的实际上是，什么玻璃？以及，请不要再抱怨这个根本不存在的东西了。

我打电话给神经科医生，预约了见面时间。等我们去看医生时，紧迫的短期记忆丧失问题已经消退，布赖恩仍然只谈论过去，隔在我们之间的，只剩下玻璃，以及成倍增加的棘手问题。

无法接收的信息

2016年底,我就知道不对劲了。我开始看介绍和研究阿尔茨海默病的网站,还有病人照护者的博客,疯狂关注了一阵子之后,就再也不看了。我停止了阅读,因为我无力承受自己知道究竟是哪里出了问题。每一个阿尔茨海默病网站的每一页都强调,必须做些什么来应对认知功能的丧失(一开始是约见、手机、驾驶,而后是名字、卫生习惯,个人经历和遥远过去的高光时刻的大块缺失),但其中许多网站关注的是——特别是在早期、诊断后的日子里——虽说丧失了一些功能,这个人依然保留的其他功能。(就像有人说的那样,一切不全都是厄运和黑暗。)一些医学网站还会告诉你,一个人的自我是怎样逐渐消逝的,此时，神经元停止运作，失去与其他神经元的连接，而后死亡。神经元的功能是连接、沟通和修复，而阿尔茨海默病破坏的正是这种内部和外部的连接，首先在内嗅皮层和海马体（大脑中负责记忆的部分），然后扩展到大脑皮质（涉及语言、信息处理和社会行为）。

那些神经元就像大脑的士兵，从我们出生的那一刻起，就年复一年地在大脑中的小路上行军，发起行动，推开一块块巨石。然后，阿尔茨海默病来了，这些士兵的前路被倒下的树木挡住，后路又被悬吊下来的电线拦死。年深日久，这群曾在大脑中上攀下潜、四处征战的精兵强将已然衰退，而外人还远不知这一切。最终（对有些人来说是五年后，有些人是三年后，有些人则是十年后），障碍无法克服。信息无法接收。士兵无法突破新的阵地。唯一的出路就是撤退，只有傻子才会顶着猛烈的炮火继续前行。阿尔茨海默病对我来说如同1914年，而现在和布赖恩一起度过的快乐时光就像那次著名的圣诞节休战，很短暂，也很美好（德国男孩们爬出战壕，向英国人唱颂歌，喊着"圣诞快乐，英国人"；他们分享香烟，交换纪念品，分享口粮，交换囚犯），而且，不会再有第二次。撤退是明智的。但撤退让我痛不欲生。我想，对布赖恩来说，撤退无关紧要。

那种持续的丧失，持续的瓦解，有时会暂停，但永远不会停止。病人自食其力，或依靠他人的帮助，使用大脑中的替代通路（布赖恩开始称呼每个孙女为"亲爱的"或"小女孩"，而他只会称他的读书俱乐部里的人为"那些家伙"），来尽可能地保持自我的形状完整如昨，直到所有这些都不够用了，直到这个容器，这个由尼罗河黏土和黄麻制成的美丽的埃及罐，开始变软，开始破碎。但破裂不是突然间的事，而是如同麻草被一根一根地抽出来，然后它就不是原来的那个罐子了，它什么都装不下了。你的掌心里只剩一摊黏土和草。

Dignitas

到2020年,Dignitas已经为三千多人提供了服务,并且有了一个竞争对手,由一位离开Dignitas的医生的兄弟创建的Pegasos(飞马)。也就是说,现在全世界有两个这样的地方,如果你没有自杀倾向,没有精神病,也不是痴呆晚期的话,你可以去那里毫无痛苦地结束你的生命。我为此感到高兴,尽管我的心和Dignitas在一起——他们尽可能地善待着我们。

对于Dignitas("有尊严地活着,有尊严地死去")来说,陪伴性自杀的前提条件是:高龄(有不少九十多岁的人,身体没有疼痛,但非常非常疲累),身患不治之症(可能再过十年才会终有一死——这一条在美国是不可接受的，但在瑞士可以），或有"无法忍受的残障"或"无法忍受且无法控制的疼痛"。Dignitas由路德维希·米内利于1998年创立，他是一名律师，也是前欧洲人权公约秘书长。偶尔，Dignitas会被谴责行为不当（《瑞士放弃调查Dignitas投入湖中的骨灰盒》，《西雅图时报》，2010年；《利用绝望赚钱？自杀诊所Dignitas前雇员称其是一台逐利的杀人机器》，《每日邮报》，2009年），但它已平稳运营了二十二年。其间，Dignitas不得不因为邻居反对，把设施从一间公寓搬到米内利先生位于毛尔[1]的家中，但那里的邻居同样表示反对，Dignitas又把设施搬到苏黎世的另一间公寓。这间公寓离一家妓院很近，后者也表示反对，原因显而易见。然后，他们搬到了一家保龄球厂，现在则搬到了苏黎世郊区的一个工业园区里。八十八岁高龄的路德维希·米内利似乎仍在承担管理职责。（桑德拉·马蒂诺的名字出现过几次；她是驻德国的主席，Dignitas希望来年在德国开设办事处，因为联邦法院裁定德国对协助自杀的禁令违宪。）

Pegasos与Dignitas非常相似，实际上，它们之间有关联。埃丽卡·普赖希格医生于2006年至2008年在Dignitas工作。2011年，她参与创立了Lifecircle（生命周期），该组织致力于协助自杀相关的支持性政策的变革，并提供咨询和服务。

Pegasos收取的费用与Dignitas大致相同，申请流程也大同小异，只是多加了一道程序，即在瑞士接受第二名医生的面谈。Pegasos提供与Dignitas相同的陪伴性自杀服务，但在这里，巴比妥类药物可以通过静脉注射（通过转动旋钮或按下按钮自行注射）或饮用，死亡过程会被录下来。埃里卡·普赖希格医生和她的兄弟鲁埃迪·哈贝格共同创立了生命周期，但现在你找不到它了。2019年，因其被控过失致死的罪名成立，普赖希格医生被判处两万美元罚款及十五个月监禁（缓刑）——她在协助一名患抑郁症的六十岁妇女自杀的过程中，对巴比妥酸盐处理不当。法院认为，这名妇女具备选择结束生命的判断力，但普赖希格医生在协助她时未能正确处理戊巴比妥钠（我认为这里的未能正确处理是指成功地处理）。于是，普赖西格医生消失了，她的兄弟开设了Pegasos。Pegasos说自己比Dignitas更好：更少的繁文缛节！紧急情况仅需几周，而非几个月解决！志愿者的第一语言是英语！你可以带上你的狗！不收会员费！

在英国大城市的报纸上，每年都有许多文章，书写丈夫或妻子或孩子们带他们所爱之人前去Dignitas。(《我的妻子在Dignitas结束了生命》,《卫报》;《我很生气爸爸不得不死在远离家乡的Dignitas》,《每日邮报》。) 通常是以第一人称讲述的: 忧心忡忡地乘飞机(在英国, 他们通常比布赖恩和我更低调, 因为众所周知, 一旦悲恸的家人回到家, 警察就会登门, 宣布他们将面临指控), 然后驱车前往位于苏黎世郊区工业园区的蓝色小公寓楼, 有些人称之为蓝色绿洲。这些文章有时会在人们喝下止吐药之前戛然而止, 有时则会继续描述生命终结的过程和回家的旅途。

1 毛尔(Maur), 瑞士的一个小城市, 距苏黎世十公里。

2020年1月29日，周三（续），苏黎世

G医生早上敲开我们的门，一开始就说这将是一次简短的会面。他两次问布赖恩是否改变主意，布赖恩说没有改变。他与布赖恩谈到了他俩共同的喜好，并各自讲述了年轻时的故事。他们对彼此都很满意。我用袖子擦了擦眼泪。G医生问了布赖恩几个问题，以确保布赖恩知道他在哪里（苏黎世），他为什么在这里（前往Dignitas进行陪伴性自杀），以及接下来会发生什么（他说，吃巧克力，签署一些文件，喝点东西，这样他就不会呕吐，然后喝下饮剂）。布赖恩回答得恰到好处——每当此时，每当他回答正确的时候，我就会想，我们这么做是不是太早了一些？我们是不是应该过六个月再来？G医生离开后，我又哭了一会儿，

布赖恩没有眼泪，我可以看出他离我已经有多远。他的小船如今远离海岸了。

我们出去吃晚饭，吃了还不错的意大利菜，布赖恩点菜时不再怀有往日的热情了。他不看服务员。布赖恩打翻了我的酒杯，服务员把六张餐巾布放在我们的小桌子上，开始擦拭，另一名服务员则跪在我旁边清理碎玻璃，而布赖恩静静地坐着。我确定我们讲话了，但只谈论食物和天气。我们在薄雾中穿过几条小巷，绕回我们的酒店。和每天晚上一样，布赖恩问，我们可不可以出去散步，我说好，因为我怎么能说不呢。外面又冷又黑，路又滑，我想布赖恩和我一样感到孤独，但我看得出来，他没有我那么害怕。

2019年春,石溪
告诉我为什么

我们的正常生活已经需要付出一定的努力才可以维持了。这种努力我在过去那段不幸的婚姻中曾经付出过,那时我有一份全职工作,还要照顾三个孩子,一个十几岁,一个蹒跚学步,一个还在襁褓中。这种努力毫无快乐可言。十四年来,我几乎从未正眼瞧过别的男人或女人,而现在我发现自己竟在想象与讨人喜欢但不太可能有结果(甚至没有一点希望)的伙伴在屋顶露台上痛饮。布赖恩和我一直亲密无间,我们喜欢一起去超市,一起去鱼市、面包店和干洗店。他熟知我的鞋子和购物偏好,就和我姐姐一样。我甚至曾和他一起开车穿越新英格兰,去逛高档的飞钓商店。可现在,当他出去散个长步时,我会松一口气;我会在深夜里反复思考，也许可以在纽黑文给他弄一套小公寓（单间公寓似乎小得可怜，所以我考虑在步行可达的邻近街区里找一间像样的一居室）。如果需要的话，再找个帮手。

我怎么会想到"帮手"，又是怎么做到不好奇自己为什么会认为六十五岁的丈夫——读福克纳的小说，每周锻炼三次——会需要一个……帮手，我不知道，真的不知道。

我们仍然会一起做为人父母、为人祖父母该做的事情，我想家里人永远不会知道，我发现与这个我如此之爱的男人一起生活不再可能。我没有向世界上的任何人透露我有这些想法。我确实和密友说过，他这种六十五岁男人、提前退休、无所事事的状态快把我逼疯了。一切都会过去的，我对自己说，看——他在制作彩色玻璃（找老师、预约课程并确定工作室位置的人是我），去参加读书俱乐部（当他不知所措时，是我浏览了他们电子邮件里的计划，跑到图书馆去取书），关注我们小镇上偶尔发生的土地分区争议，并以极大的热情研究小镇的规章制度。所以，到底是哪儿出问题了呢？我说不上来，但我知道这个男人不是我当初嫁的那个人了，而且变化并非发生在五十年的跨度里（这会让人很难过却不会让人费解），而是发生在三年里。既然我还是不能对任何人提起这件事，那么我当然什么也做不了。

我读了些资料，看了些视频，强迫自己看一年前我不愿或不能面对的东西——从2016年底开始，布赖恩就出现了轻度至中度阿尔茨海默病的迹象。

对于一个意大利大家庭的长子来说，有一个女人伺候他，为他服务，在他需要帮助时帮助他（在他不需要时，根本就无法帮他），这是令人愉快和欣慰的；而且，至少在一半的时间里，这也令我感到愉快和欣慰。我在二十一岁时成了一个十岁孩子的继母，自认为比大多数女孩更喜欢这份工作。大学毕业后，我在纽约的一家剧院里得到了一份千载难逢的工作，但后来辞掉了。（"我的男朋友觉得要在照顾家庭的同时在剧院工作太难了。"我说。所有人都至少比我大十岁，我想他们会为年轻而幸运又不知道自己正在放弃什么的人感到恼怒和怜悯。没有人嘲笑或责骂我，也没有人拿走我的车钥匙。我搬回康涅狄格州，和我昔日的大学老师及其儿子同住，我们变成了一家人。）我在一家日托中心找到了一份工作。我每天下午三点钟就能回家，所以可以和我的准继子一起做饼干，玩金拉米。我带他去看医生（我俩穿着图案几乎一模一样的T恤，头发蓬乱，喇叭裤松松垮垮，护士盯着我们，而后耸耸肩），我坚决反对他的父母让他穿大地色系的方格呢披肩，这会让他看起来像一个霍乱病人。我和他一起购物，玩黑白棋和双陆棋，（在他想要盖被子时）给他盖好被子，煮他想吃的东西，坚持让他写感谢信，并为他抵御一切来犯之敌。我尽我所知做一个好家长，因为这份工作的某些方面对我来说很重要（好吧，不是"某些方面"：我的亲生母亲，她充满爱意，厨艺糟糕，但饱受焦虑困扰，心智受损，因此从未保护我免受任何事或任何人的伤害）。从我第一次做母亲开始，我就喜欢照顾、付出和保护，等到又有了两个孩子，我越来越得心应手。到了布赖恩患上阿尔茨海默病的早期——尽管我们两个都不知道这是什么病——不知不觉中，我提供得体的帮助、安慰、保护和照顾的能力，稳步提高着。

只是，我衣冠楚楚的丈夫（我曾赞美他的职业着装像时尚的黑手党杀手）现在除了T恤和松垮的牛仔裤，拒绝穿任何其他衣服，而且他还从一份我知道他闭着眼都能做的工作中提前退休了。

提前退休

四年前，布赖恩得到了他最后一份工作——大学建筑师。我想，找工作时他尽可能地展示了自己。他跟我讲了他的一系列面试，各种各样的建筑、室内设计和与人协作方面的问题。他说他告诉面试委员会，自己善于团队合作（确实如此），适应能力强（不太准确）。回到家时，他觉得自己已经成功了，也从面试委员会的某个人那里听说他过了。结束面试的二十四小时后，他就被录用了。几个月后，我俩谁也说不清，到底出了什么问题。我不明白，为什么他与办公室经理和行政助理之间的沟通看着如此糟糕，为什么时隔一个月，他从他的老板——那个曾经那么热情地雇用他的女人——那里得到的回应如此冷淡。

大多数时日里,他都感到失望和困惑。他不明白为什么这么多事情都出了问题。他在食堂吃午餐,听起来他在那里花掉了很长时间,与关系很好的食堂经理一起吃饭。他给我讲了他和老板的会议,我能听出来他在这些会议中施展了巨大魅力,并一次又一次赢得了宽限,但我没有搞清楚他做了什么——或者没做什么——以至于需要宽限。

过了一阵子,我不再追问他细节。我劝他对不肯帮忙和不耐烦的办公室工作人员要格外客气。似乎无济于事。到了夏天,他开始定期和老板碰面,汇报他的项目进展,因为,他告诉我,她说他"太慢了"。老板打电话给他,问他是否在服用任何可能影响注意力的药物。我们都很担心,也一起得出结论,也许他正在服用的止痛药(在他第一次髋关节置换手术之前)让他看起来糊里糊涂的,也许药导致他糊涂。我们拿定主意,他应该告诉她止痛药的事,并告诉她,他准备在10月做髋关节置换手术。他和她说了,然后告诉我一切顺利。

他做了髋关节置换手术,花了八周时间康复。他不再谈论办公室的生活,看起来也不太忙。打印机、电脑和办公室礼仪让他不知所措,最后期限飞快地过去了。圣诞节前,老板告诉他,明年4月,他的合同不会续签。她强调,他没有被解雇，只是不续约了。布赖恩和我都明白，他被解雇了，方式很温和。他清空了他在大学里的办公室，并告诉所有人他要提前退休。他告诉我，他的老板是个只知道算计钱的家伙。

\multicolumn{3}{c}{简易精神状态检查表（MMSE）}

患者姓名：_____   日期：_____

说明：按所列顺序提问。每答对一题，或每个活动正确反应，得1分。

最高分	患者得分	问题
5		"现在是哪一年？什么季节？几号？周几？几月？"
5		"现在我们在哪里：什么州？什么县？什么镇/市？什么医院？几楼？"
3		测试者清楚而缓慢地说出三样不相关的东西，随后要求患者重复一遍。基于患者的反应打分。考官尽可能重说这三样东西，直到患者完全记住。重复次数：____
5		"请你计算100减去7，然后将所得数字再减去7，如此一直计算下去，并将每减一个7后的答案告诉我。"（93, 86, 79, 72, 65……）计算五次后停止。 备选："倒着拼写WORLD一词。"（D-L-R-O-W.）
3		"刚才我和你说了三样东西的名字。你能告诉我是哪三样吗？"
2		向患者展示两个简单的东西，比如一块手表和一支铅笔，要求患者说出它们的名称。
1		"重复这句话：'No ifs, ands, or buts.'（没有任何借口。）"
3		"用右手拿着这张纸，将它对折，放在地上。"（测试者给患者一张白纸。）
1		"请你看看这句话，并照着做。"（书面指示是"闭上你的眼睛"。）
1		"随便造一个句子，写下来。"（句子必须包含一个名词和一个动词。）
1		"请照着这张图画一画。"（测试者给患者一张白纸，让他/她画出下面的图形。必须有十个角，其中两个角必须相交。）
30		总分

（改编自 Rovner & Folstein, 1987年）

AP-4样表

蒙特利尔认知评估（MOCA）

姓名：
教育水平：　　　　　　　　　　　　　出生日期：
性别：　　　　　　　　　　　　　　　检查日期：

视空间/执行功能	复制立方体	画钟表（十一点十分）（3分）	分数

（E）结束　（A）
（5）　　　（B）→（2）
（1）
　开始　（4）　（3）
（D）
（C）

[ ]　　　　　　　　　　　　　　[ ]　　　　　[ ]　　[ ]　　[ ]　　＿/5
　　　　　　　　　　　　　　　　　　　　　　　轮廓　数字　指针

命名

[ ]　　　　　　　　[ ]　　　　　　　　[ ]　　＿/3

记忆	受试者朗读下列词语，并重复两遍（即便第一遍是正确的）。五分钟后复述该组词语。		脸	天鹅绒	教堂	雏菊	红色	不记分
		第一遍						
		第二遍						

注意力	读出下列数字（每秒一个）　受试者按顺序朗读　[ ] 2 1 8 5 4 受试者按倒序朗读　[ ] 7 4 2	＿/2

读出下列字母。受试者必须用手轻敲每一个字母。错误两次及以上不给分。
[ ] F B A C M N A A J K L B A F A K D E A A A J A M O F A A B　＿/2

从100开始，依次减去7　　[ ]93　[ ]86　[ ]79　[ ]72　[ ]65
答对四到五个数得3分，答对两到三个得2分，答对一个得1分，没答对得0分。　＿/3

语言	重复：我只知道今天是约翰来帮的忙。[ ] 狗在房间里的时候，猫总是躲在沙发下面。[ ]	＿/2

流利度/在1分钟内尽可能多地说出F开头的单词。[ ]＿（N≥11词）　＿/1

抽象能力	词语相似性：如香蕉-橘子＝水果　[ ]火车-自行车　[ ]手表-尺子	＿/2

延迟回忆	回忆之前的词语，无提示	脸 [ ]	天鹅绒 [ ]	教堂 [ ]	雏菊 [ ]	红色 [ ]	仅根据未经提示的回忆计分	＿/5
选项	分类提示							
	多选提示							

定向	[ ]日期　[ ]月份　[ ]年份　[ ]周几　[ ]地点　[ ]城市	

© Z. Nasreddine，医学博士　7.1版　www.mocatest.org　正常值≥26/30

总分	＿/30
若所受教育不足12年（含），则总分加1分。	

负责人：_____

MMSE 得分解读

方法	得分	解读
单一异常临界值	＜24	异常
范围	＜21 ＞25	痴呆概率增加 痴呆概率降低
教育水平	21 ＜23 ＜24	对八年级教育水平者而言异常 对高中教育水平者而言异常 对大学教育水平者而言异常
严重程度	24—30 18—23 0—17	无认知障碍 轻微认知障碍 严重认知障碍

参考文献：
- Crum RM, Anthony JC, Bassett SS, Folstein MF. Population-based norms for the mini mental state examination by age and educational level. *JAMA*. 1993; 269(18): 2386–2391.
- Folstein MF, Folstein SE, McHugh PR. "Mini-mental state". A practical method for grading the cognitive state of patients for the clinician. *J Psychiatr Res*. 1975; 12(3): 189–198.
- Rovner BW, Folstein MF. Mini-mental state exam in clinical practice. *Hosp Pract*. 1987; 22(1A): 99, 103, 106, 110.
- Tombaugh TN, McIntyre NJ. The mini-mental state examination: a comprehensive review. *J Am Geriatr Soc*. 1992; 40(9): 922–935.

写下这些时，我对自己既惊讶，又失望，迹象明明白白，我却视而不见。又等了一年半，我们才终于第一次预约了神经科医生。

神经科医生把我们带到办公室，问了一些问题，是关于布赖恩和他的记忆问题的。医生给他做了一个简易精神状态检查，然后让他画一个钟。要求是：请画一个钟表盘，写上所有数字。现在画出十一点十分。（有些地方会提供预先画好的圆圈，但这种方法并没有很受推崇，也不是我们这位神经科医生的方法。）

MMSE的最高分为30分；得25—30分的，是健康人；20—24分的，轻度痴呆；13—20分的，中度痴呆；低于12分的，重度痴呆。平均而言，阿尔茨海默病患者的MMSE得分每年减少2—4分。

布赖恩得了23分。轻度痴呆。

神经科医生问了布赖恩一些其他问题，也问了我一些问题，我很抱歉不得不在布赖恩面前作答。（即使在那间办公室里，我也很难抗拒将问题最小化和正常化的愿望。但是，是的，我说，他确实会忘事儿，他确实会重复一个小时前说过的话，四十五分钟后再重复一遍。是的，他抱怨说他的平衡有问题。）他的简易精神状态检查做得很吃力。他知道总统是谁。但他说不出正确的月份或季节。当他被要求倒着数数，每次减去7时，他说，我办不到。第一次约诊后，神经科医生让布赖恩去做一系列血液检查，她说，他很可能需要做MRI检查。在我们离开时，神经科医生说，有必要做MRI检查。

敲响那钟

冥想对布赖恩帮助很大,因此对我也是一样。我的冥想方式是做园艺活儿,但布赖恩很老派,尽管已中断冥想很长时间,但他重新拾了起来,过去几年都在参加耶鲁大学的正念项目。他起床,十点钟带着我给他准备的午餐出门。一个小时后,他回来了。他去错了地方。他去了麦迪逊,那里有一个冥想中心,他以前去过几次,但今天的静修活动是在纽黑文,也就是耶鲁大学所在地。他生自己的气,说要上楼去打坐。我告诉他我很抱歉。我走到外面,发现他的车门还开着。我关上车门,向他大喊道,我要去干一些园艺活儿。

第二天,我们去附近吃早午餐,和布赖恩那些来自耶鲁大学的老朋友一起。我通常是记日程的那个人（因为我很在乎，就是这样），为了赶上十一点的早午餐，我不得不匆匆拉上他奔出家门，赶往二十分钟车程之外的聚餐地。我俩都气色不错。我们都很期待这次聚会——布赖恩是为了聊聊耶鲁的过去和现在，而我是因为早午餐是我最喜欢的一餐，并且吃饭的地方就在水边。我们开车到达那里，却发现周围没有车。那栋房子里一片漆黑。布赖恩下车四处查看。他甚至去了隔壁的房子——也是黑漆漆的。我查看了手机。我确认周几和点钟是对的，但我们提前了一个月。

我道了好几次歉，因为催了他——我经常这样——也因为搞砸了。他冷静、从容、和颜悦色，堪比一个无病之人所能达到的最好状态。他笑了，吻了吻我的鼻子。他坐回副驾驶位时说："美好的一天。我们没有计划。这世界是我们的牡蛎。"我们最爱的牡蛎是路边那家小餐馆，里面有美味的红薯条和希腊煎蛋卷，我们决定就去那里。窗外的景致是停车场，手中的咖啡很淡但很烫，我丈夫紧挨着我挤在卡座里。这几个小时，世界的的确确是我们的牡蛎。（敲响那仍可敲响的钟，我知道。）[1]

· · · · · · · · · · · · · ·

接下来的那个周末是我们连在一起的生日，6月18日和19日。我知道我们曾一起度过许多快乐的生日，但如今我几乎全都记不起来了，因为哀恸的浪潮已冲走了那些记忆。我曾经以为，哀恸的浪潮只是意味着情绪的涨与落，但实际上，它更像是真正的海浪，大西洋里的灰绿色巨浪。厚重，咸涩，力大无比，而且狡猾。它突然把你卷起，又将你抛至别处，而你一切如旧。

我们在一家略显奢华的滨水餐厅庆祝我的生日。从服务员给我们倒水的那一刻起，我就泪水涟涟。我躲在大大的菜单后面哭泣。我走进女厕所，又哭了一会儿。我走出来，布赖恩很担心，但并不难过或愧疚。我不知道为什么我哭得那么厉害，那么止不住。几个月前，他给我买了一件非常昂贵、非常奇怪的礼物，一件花灰色连帽运动衫，带一圈薄纱花边，花了五百美元。我至今仍不明白那是什么，也不知道他为什么要买。我一般会穿黑色衬衫和牛仔裤。有时穿藏青色衬衫，偶尔穿白衬衫。我们在一起的这些年里，布赖恩很明智，从来没有给我买过带褶边、荷叶边或者薄纱之类东西的衣服。如今我还是很惊讶，为什么在看着那件运动衫时，我没有想到"依我看，你得了阿尔茨海默病"。在过去的两年里，他一直会送我一些奇特的卡片，卡片上是戴着亮片帽子的嬉戏的仓鼠。他的笔迹（利落的建筑师风格）变得歪歪扭扭，像刻上去的，其中一张卡片上是生硬无趣的抒情（你是如此体贴、温柔、有趣、美丽），另一张卡片里的话，时至今日我看到时还是会感到内心抽搐，感到悲痛和懊恼。上面写着：我保证会对你更好些。

我提议我们去城里过他的六十六岁生日，度过一个愉快的夜晚。我觉得我们大概只能应付一个晚上，我希望还能有美好的时光。我们还没有预约神经科医生做诊断，但我感觉到一个强大的东西正在逼近，就像列车隆隆驶过，惊起一群鸟儿。布赖恩同意了，我们去了城里。我们在精致的房间里放松身心，欣赏庭院，休息，沐浴，布赖恩问我，他是否需要打扮一下。我耸了耸肩。其他女性告诉我，随着年龄渐长，不管什么场合，她们的丈夫越来越喜欢穿T恤和运动裤。我注意到了这些衣着不太搭的异性恋伴侣：女人穿着鸡尾酒裙和高跟鞋，而男人基本上只是找了一件干净的Polo衫和一条腰带。而我嫁的男人拥有两套燕尾服、四套领扣和一大堆宽腰带，但在过去的几年里，我们就他的穿着打扮有过很多讨论。我尽量和气地说，亲爱的，穿你想穿的，你是个帅气的男人。他穿上运动夹克、牛仔裤和白衬衫。他戴上了他最近买的眼镜（最近几年，他的神色愈发脆弱不安，我恳求他把眼镜再戴上。他说他弄丢了，后来，他开始每天都戴眼镜，我们都觉得他现在穿上了合适的盔甲）。那一刻，他看起来和我们结婚那天一模一样：英俊爽朗，于己，于世界，都轻松自若。

我们在一家非常昂贵的意大利餐厅享用了一顿宁静而美好的晚餐，每一道菜都吃得很愉快。墨鱼汁特飞面（我忘了中间那道菜是什么）；然后是甜点，布赖恩点了巧克力酱，他让我点千层酥，也是加了很多巧克力的。我们慢慢品尝。回酒店的大部分路我们都是靠走的，然后我的鞋子开始磨脚，我说，打辆出租车吧。布赖恩说，再走几个街区。我又走了一个街区，然后停下来。他看着我说，想打车？我说，是的。他举起手臂。我想，我们都决心要度过一段愉快的时光。

在酒店里，我们开始做爱，布赖恩说，对不起，没打算这么做的。我说，没关系，真的没关系。那是最后一次。

我们亲吻，彼此依偎着入眠。

回到家里的第二天，我们又有了一次令人抓狂的对话：我告诉布赖恩我打算给野餐区除草，因为碎石中间长满了杂草。他说，就像他之前多次说过的那样，虽然他六周前就开始亲手铺设碎石，但他停下来了，因为那加重了他的网球肘症状。我上次听他说网球肘的事还是五年前。而且，他并不打网球。野餐区很大，布满凹凸不平的碎石堆，好像有巨大的鼹鼠在里面挖洞似的。布赖恩说我们需要更多的碎石，好让地面变得坚实。他说我们应该雇人来搬运和铺设碎石。我同意，但也表示眼下我们负担不起这个费用。（另外，我可不想再盯一个任务了。而且，我们负担不起请专业人士的费用，所以不管怎么完成，都会需要我和帮手一起干活。而我真正想花钱的地方，我真正想做的事情，是买鞋子和衣服。）我告诉他，我会清除杂草，把现有的碎石弄平。他告诉我，我们需要更多的石头。我告诉他，我同意，但我们负担不起。我对他说我会处理这个问题。他对我说我们需要更多的石头。我确定我的脸色不是很好看。他说，你要我来做吗？我说不，尽管我心里想的是，好的。我的意思是，如果你能像几年前那样做，计算需要多少立方码，商量要多大的碎石，直到我想尖叫——是的，那样当然很好。但现在不行。现在这样做不会很好。要么是我全程拼了命地盯住每一个细节，要么就变成我亲自上场干活，所以，不行。我去办公室吃司康饼，读推理小说，希望能清醒一下，做点实际的工作。

我认真研究并观看了数十个关于阿尔茨海默病病程的英文视频（包括2011年的一个视频，主人公是特里·普拉切特爵士，他于2015年因阿尔茨海默病去世），其中一些视频令人异常振奋，另一些则令人悲伤不已，但对我来说，彼时的悲伤与日后无法相比。我还偷偷看了几次《依然爱丽丝》。演员朱丽安·摩尔又美又有才华，她所饰演的爱丽丝调皮、热心又聪明。一开始我只是有点喜欢这部电影，后来，她光芒万丈的魅力让我彻底沦陷。但最后，当她过去的自我试图通过预先录制好的信息引导她现在的自我自杀时，我无法再看下去。我在房间里进进出出十几次，每次都希望爱丽丝把笔记本电脑带到梳妆台，放好它，不要扔掉药片，而是努力服下药片，实现她此刻的自我曾经希冀的事情。当布赖恩去健身或散步时，我断断续续地看这部电影。除此以外，我只看真人秀，布赖恩嗤之以鼻的东西，里面的每个人物都不甚体面；或者看专讲阶级冲突闹剧的英国喜剧，他以前很喜欢这种节目。

第二天，布赖恩早上醒来时肚子痛。他觉得自己便秘了，但他也说有排便，所以我俩被难住了。他的肚子一碰就痛。

我：也许你得了阑尾炎。

他：我没有。

我（心想，你为什么这么固执可笑？）：你可能是得了——

他：我还没遇见你的时候就把阑尾切了。

我：有疤吗？

他：你瞧。

他像一只白海狮一样伸展身体，然后把手放在了伤疤上。

他去了急诊中心，离家五分钟车程。他坚持自己开车去。让他一个人去我不太放心（这也是我最后一次让他自己去，以后每一次看医生都是我们一起去的）。他开车走了。（在过去十四年里，只要条件允许，他每次开车外出时都会按喇叭，因为他喜欢我站在门廊上挥手道别。他把我变成了一个站在门廊上挥手的人，我对开车离开我家的每个人都这么做。现在，在我看来，那些不跟客人挥手道别的人似乎少做了点什么，就像我以前那样。）大约一个小时后，我接到了他的消息。有人（医生、护士还是医生助理？）在石溪急诊中心告诉了他一堆事情，但他大部分都转达错了（我认为是这样，但也许不是），把我吓得够呛。

"要做紧急MRI检查？为什么？"

"我不知道。"

我从来没有和送他去纽黑文的医生谈过，我以为那是为了做超声检查、膀胱扫描和血液检查。四十年来，纽黑文一直是我的家乡，但现在它对我来说就像高峰时段的罗马：混乱，危险，无法独自一人突出重围。[2] 我有两个来访者预约，半个小时后开始。（当布赖恩提前三年退休时，我又开始在位于石溪的小办公室里给人做心理治疗。机智的是，我预见到我们将会需要现金。愚蠢的是，当时没有安排神经病学咨询。）在两场咨询之间的休息时间，我和我亲爱的朋友兼助理珍妮弗聊了几句，她人在纽黑文，当珍妮弗问我是否需要她去急诊中心见一下布赖恩时（他可能会也可能不会接受紧急MRI检查，他可能会也可能最终不会去那里），我哭着感谢了她。她在急诊中心见到了布赖恩，陪在他身边。在接下来的三个小时里，她不时给我打电话，发短信，让我安心。他不需要看任何专科医生，没有做MRI检查，从来不需要做什么MRI检查，他不会被收治入院，没有什么可怕的。她后来说，我们很顺利，就是在那儿打发打发时间而已，你了解我和布赖恩，我们什么都能拿来开玩笑。她说，他处理得非常好，但有时他会忘记医生刚刚说的话。

我很生气。(这段时间以来,我和布莱恩一次也没有嘻嘻哈哈过,在各个急诊室里没有,在任何地方都没有。)我想指出,不理解医生的指示绝对不代表"处理得非常好",但我哭得太厉害了,我还是感谢了她。我应该感谢她。

原来是憩室炎。需要清淡饮食十天,但不能生食,在白面包上抹点顺滑的花生酱是可以的,但不能吃花生或爆米花。珍妮弗向我保证,在布赖恩的憩室炎资料包中有一张清单,列出了他在服用抗生素的十天里应该吃的食物,还有一些米饭/奶制品/鸡肉的食谱。但根本没有这张清单。我又气又慌,于是求助于"谷歌医生",而后开车去超市。清淡饮食十分无味,特别是对于一个喜欢吃西班牙香肠、哈瓦那辣椒酱、四川辣椒油和博派斯炸鸡的人来说。我一边同情他,一边不断地给他米饭、水果罐头、奶酪、酸奶和烤鸡,当他第三次说"来点巧克力怎么样?"时,我只是说不可以,然后去了洗手间,哭了。十四年前他不曾跟着我走出房间,现在依旧如此。

第二天,一开始相对平静,但随后就不那么平静了。布赖恩感觉病情没加重,他去了健身房,还为他车里的佳明导航仪买了一根电缆。我们之前明明已经聊得很明白，他需要换一台新的GPS（全球定位系统）导航仪，这个古董玩意不能再用了，它似乎漏掉了一些重要的小路的信息。他独自一人跑遍了康涅狄格州东部，最终找到了他需要的电缆。他一贯这样执着，我很佩服他，但当他离开五个小时后，我吓得手足无措。我向他表示祝贺，并告诉他等待着他的都是些清淡的好东西。我在想，是不是应该把他的车钥匙藏起来，或者接下来的日子里，我们是不是得在每一次开车前都协商一番。（我们会的。）

傍晚，我坐下来工作，布赖恩此时打电话给我：他在家附近的Stop & Shop超市[3]里弄丢了钥匙（还有购物车里的东西）。我把他接了回来，我们没有费心去找购物车。晚餐前，超市经理打电话给布赖恩，说钥匙找到了。但布赖恩从不查看语音留言，所以他并不知道这件事。但我推测钥匙应该找到了，于是还是去了那里，问了经理，他说他们确实找到了钥匙。但他不能把钥匙还给我，因为我不是布赖恩。我回家去接布赖恩。但布赖恩正在看《雷切尔·玛多秀》[4]，他不想去超市。我想去。我想把事情了结。我只想把这场该死的危机利落地解决掉，而且我希望今天就能解决。我俩都有些恼火，但还是去了超市，我和他一起走进去。布赖恩和经理说了几句玩笑话,几分钟后我们走了出来,布赖恩挥舞着钥匙,吹着口哨。我并不觉得轻松。

1 "这世界是我们的牡蛎",化用自莎士比亚《温莎的风流娘儿们》中的名句"这世界是我的牡蛎"(The world is my oyster)。"敲响那仍可敲响的钟"(Ring the bells that still can ring),出自莱昂纳多·科恩的著名歌曲《颂歌》。

2 罗马是意大利交通最拥堵的城市,其拥堵程度在全球排名第31位。

3 Stop & Shop超市,美国东北地区的知名连锁超市,品牌创建于1914年。

4 雷切尔·玛多(Rachel Maddow,1973年生),美国知名电视新闻节目主持人、政治评论员、演员,先后毕业于斯坦福大学、牛津大学。她主持的晚间电视节目《雷切尔·玛多秀》因快节奏、才思敏捷、风格幽默而广受欢迎。

2019年7月18日，周四，石溪
MRI检查日

布赖恩的MRI检查约在八点四十五分，而医院离家只有十五分钟的路程。我们都在六点半醒来。布赖恩在床上躺了一会儿，一边看手机一边发牢骚。他吃了早上的药，告诉我他正考虑要不要洗个澡。我鼓励他洗，因为他头皮上的牛皮癣很严重了，防止它蔓延到眉毛和鼻子周围的唯一方法是每天都要使用含药物成分的洗发水。

一年半以来，关于每天都要使用治疗牛皮癣的洗发水这件事，我们聊过很多很多次。回想起来，我们似乎有过许多忧虑重重的对话，关于要他继续做一些事，一些我们共度的十四年来他几乎每天都在做的事。他是个英俊的男人。当我们去参加他的耶鲁同学会时，那些身材苗条的金发女人——通常嫁给了其他老耶鲁人——会甩甩头发（即使在我们这么大的年纪），然后说：哦，你和布赖恩·阿米奇在一起？雷神托尔[1]？你知道，那是他的绰号……我认识他的时候，他们都这么叫他。

我的丈夫身上总是散发着好闻的气味，仪表堂堂，他对自己的英俊相貌、狼一般的笑容和浓密的黑发非常自恋。我不介意这种虚荣心，这种虚荣心并不过分，而且大多时候只向我展示。大约一年一次，他会捏捏自己的肚子说，要是不花钱的话，我就去做吸脂手术。在他做了白内障手术后，他把我拉进浴室一起照镜子。他说，看这眼袋，你从没和我说过。六周后，他做了手术，割了眼袋。当我们出去吃饭，周围都是和他年龄相仿的男人，即使我们刚刚大吵一架，他也会咧嘴一笑，拍拍我的手，说，现在你知道我是什么水平了吧？我总是笑。我不明白为什么我现在不得不说：亲爱的，洗洗头。或者，亲爱的，洗个澡。

现在我明白了。明白之后，我祈望这只是中老年男人的懒惰，或者退休后的忧郁，或是一个男人对别人告诉他该做什么的反应。

但这不是。我一直在查阅资料，这是轻度认知障碍，据我所知（我们将在下周与神经科医生进行MRI检查后的面谈，到时会得知很多信息），这是对痴呆早期阶段的一种非常委婉的说法，尽管所有医学网站都立即声明，并非每一例轻度认知障碍都会发展成痴呆。对某些人来说，这不过是一种永远不会消散的记忆迷雾，但好消息是，它不会继续恶化。

我把镜子翻转到适度放大的一面（在洛杉矶，一名化妆师告诉我，如果你有一面放大倍率超过三倍的镜子，那你就再也出不了门了）。我涂上睫毛膏和润肤霜。我不指望MRI检查中心的技术人员会因为我化了淡妆而更喜欢我。我十分确定他们毫不在乎，可我做过酒吧侍者，我知道没有人喜欢有问题的顾客——那些吵吵嚷嚷、脚穿室内拖鞋、毛衣上沾着食物、身上散发着一股尿骚味的顾客。只要保持干净、友善就好，无须费更多力气。只要有布赖恩在，我们就会得到卓越的客户服务。这个高大英俊的男人会大笑着说，谢谢你的帮助，或者谢谢你的辛勤工作，或者谢谢你的建议——次次如此。有一次，我们在星巴克遇到了一个与我们年纪相仿，正接受培训的咖啡师，他当时处境不易。当那个男人把咖啡端给我们时，布赖恩在小费罐里放了五美元，轻声说："你很棒，别让那些浑小子影响你。"男人差点吻上他。

布赖恩在楼下喝茶，而我还在楼上。我好好照了照镜子。在晒黑的皮肤之下，我面如死灰。我就像我不幸的祖辈之中的一个，面对着的是一支步枪、一辆牲口车[2]，或是我燃烧的村庄。现在是康涅狄格州的夏天，我穿着白衬衫和藏青色裤子，好好地梳了头（我和我的女儿们称之为"高挑"的马尾辫，过去我常用编发棒给她们梳这样的发型，我大女儿现在也是这样给她女儿梳头的，但代代相传的漂亮马尾辫并不让人欣慰，我的眼中盈满泪水。高挑的马尾辫，你在开玩笑吗，死气沉沉的女士？）。我涂了粉红色的唇彩，但看起来仍像是蒙克画中的女人。我现在明白了，为何有些老太太的脸看起来像小丑。你照镜子，一如既往地化妆，画眼睛、脸颊、嘴唇，但镜子里回望你的依旧是一个死气沉沉的女人。见鬼。你描深眉毛，涂红脸颊，把淡色的唇膏换成鲜艳的，大步走进外面的世界，心中确定至少你不是面如死灰。而我确定自己面如死灰。

我穿着白衬衫和内裤走来走去，因为我不知道穿这条藏青色裤子是否合适。也许这就像试图在机场升舱一样。也许MRI检查中心会有VIP候诊室。我知道那里没有，果然，后来我们坐在三个疲惫、病恹恹、怒气冲冲的人旁边。布赖恩回到楼上，来看看我怎么花了这么长时间。他说我看起来很可爱，拍了拍我的屁股。这让我的心跌入谷底。我假装要下楼做点什么,在楼梯口哭了一会儿。

尽管我俩都很焦虑,但比起宅在家,我们的离家出行感觉十分平常。他出门时手里拿着手机、钱包、蛋白棒、车钥匙和太阳镜,我建议他把它们放在小挎包里,这样就不会弄丢或落下,也不用我帮他拿着所有这些东西。他拿起小挎包,这让我松了口气,也让我难过。为什么不许他继续像以前那样无忧无虑、无所顾忌呢?为什么要让他觉得我比他更懂呢?我确实更懂,但我懂了十四年了,什么用处也没有。

在MRI检查中心,技术人员都很和善,但一脸厌倦。我查过资料,知道怎么让头颅MRI检查更舒服些。我带了两张比尔·埃文斯的CD,还有手机耳机,以防他们不让我用CD。那个一脸倦意的女孩说,不能使用耳机。她提了提精神,又补了一句,你的耳机会坏掉的。我问你在耶鲁大学做MRI检查时能不能听音乐,你说可以,我暗骂自己太自私,因为是我选了这里而不是纽黑文市中心,这个小镇离家很近,只要过两个高速出口就到了,而且停车方便。虽然去纽黑文相当麻烦,但布赖恩在那里可以听音乐。他问穿白大褂的女士们,她们对服用劳拉西泮[3]有何建议。

"我们不提供镇静剂。"其中一个说。

"我知道，"我不耐烦地说，"我带了劳拉西泮，从家里带的。"

"嗯，"另一个年长的妇女一板一眼地说，"他可以服用处方药。但我们不能提供建议。"

"我明白了。"我说。我在心里写起了投诉信。没有人会无缘无故做头颅MRI检查，而这个地方的人没有一句安慰或关心，甚至连一个这样的表情都没有。

一些网站上说，用毛巾盖住眼睛可以帮助病人放松，我带了一条，心里感觉好受了一点，些许放下了音乐的事，些许原谅了我自己。布赖恩服下劳拉西泮，躺下，用毛巾盖住眼睛。我拉过一把塑料椅子坐下，我们戴上泡沫耳塞，因为接下来会有震耳欲聋的声音，偶尔还会有敲击的声响。我抓住他的腿。在噪声中，我大喊"坚持住，亲爱的！""你很棒"之类的话。我一直把手放在他腿上。有时，我摸摸他的脚。他朝我翘了翘脚趾。这就是我的布赖恩：平静地做MRI检查，翘起脚趾，时不时地随着噪声的节奏翘一翘，让我知道他很好。

这正是我要失去的人。

每一天都起起伏伏。（过山车般的体验听起来很刺激，但实际上并不。起或伏都令人痛苦，尖叫是无用的，没有什么会很快好转。）

在等待MRI检查结果那段时间，我们与埃伦和她丈夫一起吃了顿晚餐。我和姐姐很亲，我们四个在一起总是很开心。我们在他们的乡村俱乐部吃饭，那个地方向来不是很适合我，但食物很好，我们也很高兴和他们见面。布赖恩跟着他父母在费城主线区[4]有过一段短暂而奢华的生活，去过很多次乡村俱乐部，他还设计过一个，所以在这里他一向很自在，甚至充满热情。一切都很好，都很正常。布赖恩点了两份开胃菜、一份主菜和一份甜点。我们的姐夫，一个保持着节制健康的生活方式的人，摇了摇头，三分是不敢苟同，七分是温情脉脉的任由他去。他们的一个朋友过来，布赖恩被介绍给他（这个人和我本就认识）。用餐结束时，这个男人又带了他的妻子回来聊了会儿天。我注意到——我宁愿自己没有注意到——布赖恩向这个男人做了自我介绍，仿佛是第一次见面。这是唯一一次遗忘。

在回家的路上，布赖恩和我聊起姐夫最近的髋部手术，我们的聊天就像以前那样。布赖恩做过两次髋部手术，所以他有很多经验，可以说是这方面的专家。我们都认为姐夫应该像布赖恩一样继续接受物理治疗。但莱斯和我姐姐都表示对此不感兴趣。我们聊到他在医生建议的最短理疗时间之外又继续理疗了一个月，聊到他最后恢复得有多好，聊得兴致勃勃。抛开是我在开车（因为现在几乎总是由我来开车）这件事不谈，他的判断力似乎还不错。布赖恩现在喜欢车速始终低于限速五英里甚至十英里（这也许是判断力很好的一个例子？如果你知道自己的决策能力受损，那么开得慢一点，减少出事故致死的概率，当然是有道理的）。由我开车，意味着我无须再次发觉，在我们每周都要开车经过的十字路口，他会犹豫要往哪边转弯。这趟开车和平时差不多：轻松，有趣。我意识到，像孩子一样舒舒服服地睡着，让我的丈夫，一名出色的司机，载我回家——用了不起的韦恩的话来说——已成了遥远国度里的过去。

我们回到家，上楼。布赖恩一直是那个给屋子"落幕"的人：锁门，关电视，熄灭厨房的灯。现在，在上楼时，他会打开屋外所有的灯，这是他最近几个月才养成的习惯，但我没有和他争论，因为（1）我非常努力地不再争论，（2）谁知道呢？或许在我们的小村庄里，打开外面的灯是明智的。也许这能防止东黑文的孩子洗劫我们停在自家车道上的汽车——如果我们没锁车的话。(他们或许是有史以来最善良的少年犯,甚至不会打碎一扇车窗。他们会打开你没上锁的车门,拿走你留在里面的东西。然后他们关上门,开着自己的车离开。我觉得这很难让人愤怒或害怕。而且,我每天晚上都锁车。布赖恩不这样,现在他的车门有时不但不锁,还半开着。)

在卧室里,我听到了一种嗡嗡声,那是正常生活的背景音,虽然我没有完全放松下来,但自在了许多。我们刷牙。我们相视一笑。他吃了维生素B12补充剂,我希望这种药就是最近种种问题的答案,但恐怕不是。(缺乏维生素B12的症状听起来很严重:自杀的念头,皮肤发黄,深度痴呆。布赖恩不是这样的。)我们脱下漂亮衣服。我们把装饰靠枕扔到一旁。我上床后,布赖恩把调整时钟的遥控器递给我。他让我随便选我想看的节目。我内心的嗡嗡声停止了。我把银色遥控器还给他,告诉他这是调时钟的。他默默接过去。我从床上起身,在地板上找到了电视遥控器。我俩都没说话。我不知道他是觉得这没什么大不了(他现在的表现似乎是这个意思),还是说这是他每天都在努力应对的那种精神崩坏。我们看了一集《神烦警探》,我说,我喜欢安德鲁·布劳尔,布赖恩说,我也是。

1 雷神托尔（Thor），北欧神话中掌管战争和农业的神。

2 牲口车（cattle car），二战时运送犹太人和其他受害者到集中营的火车，因其原本用来运牛而得名。

3 劳拉西泮（Ativan），用于治疗焦虑症、失眠、癫痫持续状态、酒精戒断症候群的镇静类药物。在某些情况下，劳拉西泮也被用于手术中，以使患者发生保护性失忆，不会记住不愉快的医疗经验。

4 费城主线区，宾西法尼亚州费城西郊的一个富裕社区，有诸多名校和豪宅。

2019年8月15日，周四，康涅狄格州纽黑文

终于，我们和神经科医生预约了第二次见面。我们到得很早。秘书/接待员在玻璃后面向我们点点头。两个穿着一样的格子衬衫的男人，一个年轻，一个年长，都瘫坐在候诊室的椅子上，头抵在墙上。候诊室太小了，我俩不得不收拢双脚。

在美国，大约有六百万名阿尔茨海默病患者。这个数字还不包括轻度认知障碍患者，他们可能会也可能不会发展成严重痴呆（据统计，80%的轻度认知障碍患者会在七年内发展成阿尔茨海默病，尽管根据建议，这些患者应每六个月重新评估一次，但没有一个网站可以告诉你为什么

需要频繁进行重新评估，因为无论是对于轻度认知障碍，或是延缓轻度认知障碍发展成阿尔茨海默病，乃至阿尔茨海默病本身，都不存在经过美国食品药品监督管理局批准的有效的治疗方法）。六百万人中还不包括那些创伤性脑损伤患者，这种疾病往往会导致某种形式的痴呆；也不包括目前那些患有其他几种不同形式的痴呆的患者，他们的病情进展可能与阿尔茨海默病的发展过程不同，但结局一样糟糕。这六百万人中，近三分之二是女性。而为这些阿尔茨海默病患者提供照护的人中，也有近三分之二是女性。无论是患者还是照护者，女性的比例都更高。

六十几岁的女性患阿尔茨海默病的概率是得乳腺癌的两倍。关于为什么女性比男性更容易患上痴呆，有很多理论，但都只是理论：女性寿命更长，所以有更多八十多岁的女性仍健在并患上与年龄相关的痴呆；而那些活到八十多岁的男性，也就是没有在六七十岁时死于心脏病的男性，他们比同龄女性的身体素质更好，而同龄女性往往情绪低落，且不常锻炼。2005年，有一项研究针对女性对雌激素和孕激素的反应进行了为期四年的观察。2014年，研究人员又在犹他州农村地区对女性进行了激素治疗的试验，在不考虑健康状况、财富水平和受教育程度的情况下，观察她们的大脑是否会对激素治疗产生反应。研究结果表明，激素治疗对很多女性都大有裨益。而且，激素治疗可能会降低女性患上阿尔茨海默病的概率。在阿尔茨海默病领域，"降低患病概率"是一个常见的说法，被用在充足的睡眠、吃蓝莓、做填字游戏等等对我们所有人都有益的事情上，但没有一个医学网站指出这些有益的事情真的可以预防任何人——任何人——患上阿尔茨海默病。

我没有受过相关科学训练，因此无法评估这些理论。关于为何女性占痴呆患者的无偿照护者的三分之二，没有相应的理论解释，因为不需要。科学家甚至没有多少兴趣对此提出理论，我不怪他们。会有谁不明白呢？姐妹、女儿、妻子。她们当然会去照顾一个患有痴呆的人。就连那些为家庭和照护者提供帮助的网站，似乎也略微偏向女性照护者。

以下段落来自一个关于痴呆的网站，讲的是怎么劝说有记忆问题的人去看医生。

当你把自己的担忧告知有记忆问题的人时，可以考虑以下几点建议。

- *温和地提出这个话题。尽量提醒他们，记忆问题并*

不总是指向痴呆。

- 在谈话中保持友好并给予支持。倾听他们的说法和他们表达的任何担忧。
- 让他们知道你很担心他们。举例说明问题：例如，错过约会，记不起物品存放位置，忘记名字。
- 将大问题分解成小问题。选择一个重点：例如，"我注意到你老是忘记朋友的名字，也许主治医生能帮上忙。"
- 记录与记忆问题相关的事件作为凭证。这将帮助你向你担心的人表明你有"证据"来证明你的担心。如果你去看医生，日记也会有所帮助，因为他们可能想要查看这些问题事件记录。
- 将重点放在为他们的亲友获得支持上：例如，"如果你去看全科医生，我们可能会得到额外的帮助，好让我休息一下……"

我对以上或以下的任何一条都没有异议。

- 让他们知道你很担心他们。举例说明问题：例如，错过约会，记不起物品存放位置，忘记名字。

- 将大问题分解成小问题。选择一个重点：例如，"我注意到你老是忘记朋友的名字。也许主治医生能帮上忙。"

我能看到一个妻子与她那超级健忘的丈夫交流的样子。一会儿是温柔的关心："亲爱的，我以为你今天晚上有读书俱乐部活动。你为什么没有去？"一会儿是要引起内疚："我有一个车胎爆了，我联系不上你。你没有带手机。"一会儿又提起控告："我已经说了六次让你倒垃圾了，但你还是没有倒。"既然问题在不断变化，那么交流方式也该如此，但总有一个人落后一点。你如何分辨不能、不会和不记得被要求过之间的真正区别呢？我写我能看到一个妻子，是因为我就是那个妻子。我花了三年时间试图弄清楚我丈夫变成了什么样的人，为什么每当他短暂地恢复成过去的样子，在那些美好、惬意的时刻，我俩都无法让那个他留下来。

- 在谈话中保持友好并给予支持。倾听他们的说法和他们表达的任何担忧。

真诚倾听那些有时合理有时则不的说法和担忧，积极回应,并遵照建议,始终如一地保持温柔、友善,提供支持,我不确定哪个丈夫或妻子能做到这一点。在布赖恩确诊的前几年里,我们的争吵变了样,其中一个变化是,他不再只是抱怨我固执(确实如此),爱指手画脚(哎呀,真的是),讨厌精确用语(一点没错),对杂乱无章非常介意(很突然),这么多年来,他第一次抱怨我的语气:他会说,不要用那种语气和我说话,我不是小孩子了,我不是你的病人。

我相信我用了一种舒缓、中性、"治疗性"的语气,就像电视上呈现的那些治疗场面一样。我变得警惕,担心他情绪波动,担心他的反应出人意料,担心他又误解了什么。我发现自己经常说:"我不明白你在说什么。"过去这是我的委婉说法(我确实觉得这比说"你到底在说什么?"要好),但现在这正是我的本意。他会先描述一个问题或一种情况,最后以一个宏大的结论或弯弯绕绕的隐喻结尾。当我说我没听懂时,他会重复一遍。当我试图解释这个隐喻("也许你的意思是……"),他看起来失望又沮丧,他说:"我们不在一个频道上。"他说的是事实,可怕的事实。如果我再问,他有时会说我在欺负他,听到这句话我当场就会哭。我试着去理解,他对过去他曾一直热爱(不仅仅是喜欢而已)的东西，新近才有的固执的抵抗。每个周一，他都会说他厌倦了去健身房、读书俱乐部或者彩色玻璃课，而在确诊之后，我会附和他，但他还是坚持去健身房（和教练一起锻炼，保持体形，因为每个阿尔茨海默病网站都会说：睡觉，锻炼，吃蓝莓）。他每周都去彩色玻璃工作室（这是他最后的快乐，这个夏天过后，他也深深体会到这一点），而对读书俱乐部，我没什么可说的。他对我语气的评价可能是对的，但我找不到更好的语气了。

- 记录与记忆问题相关的事件作为凭证。这将帮助你向你担心的人表明你有"证据"来证明你的担心。如果你去看医生，日记也会有所帮助，因为他们可能想要查看这些问题事件记录。

我不知道有哪个配偶或孩子能在一个下午编写出"作为凭证的与记忆问题相关的事件记录"，而不觉得左右为难。（如果我是病人，我能听到自己说："你把这些狗屁都写下来了？你为什么不直接告诉我？"）网站进一步建议，如果你的配偶不愿意，你可以自己打电话给医生，在不违反《健康保险流通与责任法案》的情况下分享你的疑虑（在那通电话中,医生不太可能与你分享你伴侣的医疗信息,但你也不需要他们这么做)。然后,当你用疲劳、听力下降、糖尿病前期、关节炎复发等相对合理的担忧作为理由约好医生,并获得配偶的同意后,你拿出日记,希望上帝保佑你们的医生诊断这种问题很在行。一个在行的医生多半会让你和你的配偶去神经科医生那里做一些测试,时钟绘制测试或简易精神状态检查之类的东西。

时钟绘制测试和简易精神状态检查

　　轻度认知障碍患者可能会在这些测试中出很多错。在最糟糕的情况下，他们根本无法画出时钟，或者画的时钟看起来不像时钟，既不是圆也不是矩形，上面也没有一圈数字。对于痴呆患者而言，最常见的结果是：时间错误，没有指针，缺少数字，同一个数字出现多次，以及拒绝画钟。时钟绘制测试至少有十五种不同的评分系统。即便不是医生，普通人只要智商正常，也可以主持大多数测试，给患者打分。大多数研究显示，最简单的评分系统与最复杂的评分系统一样有参考价值。如果你无法通过时钟绘制测试，那么你可能有某种认知功能障碍。如果你在测试中表现良好，不管你的问题是什么，都很可能不是痴呆。

在第二次见面时，神经科医生直奔主题。（神经科医生说某个优秀的同事已经读过布赖恩的MRI片子了，但神经科医生还有一些问题。）神经科医生说，布赖恩的智商和情商都很高——他在情绪上很敏感。神经老化研究所（NeuroAging Institute）的人会很乐意让他参与他们的研究：在美国，高智商加早发性阿尔茨海默病显然像高个金发女郎一样受欢迎。然后我们听了一段很长的题外话，关于"神经老化研究所的人确实是耶鲁大学的，但该研究所已不再是耶鲁大学的一部分"这件事的原委，如果他们找到了治好阿尔茨海默病的方法——我原本想翻白眼，却哭得像破了相——布赖恩作为临床研究的参与者，将会排在最前面。布赖恩和我都理解了基本情况：布赖恩很可能（语气近乎"肯定"）患有痴呆。很可能是阿尔茨海默病。非常，非常有可能。我问，会不会是血管问题，是由我俩都未曾注意到的一次大中风造成的，而他还在恢复中。她说，不是，但小脑确实有一些小中风。我打算一回到家就好好查查小脑的功能。它处理运动能力、平衡和……驾驶。

我说，那么，参加神经老化研究所的研究是为了获得第二诊疗意见，可能不是阿尔茨海默病？我可以看出，神经科医生显得为难，但她不得不说，不完全是这样，这是为了进行评估，获得更多信息。显然，这并不意味着会有不同的信息或与现在的说法矛盾的信息。有那么一会儿，我很感激她的直言不讳——需要极大的自制力，才能不去淡化或偏离布赖恩患有阿尔茨海默病的事实。

她询问布赖恩是否大小便失禁，并让他走几步。我确定这是为了确认他的平衡情况，但我没有具体询问。（在接下来的三个月中，他的平衡问题会变得严重，但现在还没事。）她告诉他要继续服用维生素B12，要一直服下去，尽管这不太可能解决根本问题，但还是继续吃吧，也许，B12补充剂会有所帮助。（"它又没坏处。"我听到《犹太笑话大全》里传来我父亲的大喊。）

会是额颞叶痴呆吗？我问（我了解到额颞叶痴呆的进程比阿尔茨海默病还要快）。神经科医生说不是。

神经科医生给我们看MRI片子，用手指摸了摸布赖恩灰色圆形大脑上的白色斑点。我脑海中响起了黛安娜·阿克曼[1]的句子：大脑，那闪亮的生命之丘，那堆鼠灰色的细胞群……那个皱皱巴巴的自我的衣柜里塞满了头骨，如同太多衣物塞进了健身包里。

布赖恩大脑表面的褶皱正在慢慢变平，如同健身包正在慢慢清空。我看到了大脑中不复存在的白色空间,他也看到了。

神经科医生的手指轻轻地划过MRI片子上的杏仁核。这里可能有问题,她说。

他的大脑比一个六十六岁之人应有的尺寸要小——尤其是杏仁核——而脑室则更大。这个长约一英寸的杏仁核位于颞叶深处,在脑干上方,它引起了我的注意,让我立刻想起了高中生物课。我说,杏仁核——那是与情绪、记忆和学习有关的吗?神经科医生点了一下头。我说,那些网站,特别是妙估医疗国际的网站(她连连点头表示赞许),说阿尔茨海默病的进程短则三四年,长则二十年。神经科医生不同意。"八到十年,或者可能——可能——十二年。但要知道,他这些症状至少已经有两年,我认为有三年了。"如今每个阿尔茨海默病网站都指出,在早期症状出现之前,患者可能已患上阿尔茨海默病十年,有时甚至是二十年。神经科医生明确表示,对布赖恩来说,这八到十到十二年将会是生命的结束,是他的肉体生命的终点。

我现在已经看过足够多的阿尔茨海默病的影像日记(我不禁想,是谁记录下这种悲伤并把它发布到YouTube上的?是谁这么做的?尽管我吓坏了,但我也非常感激),

明确地看到，肉身的终点将在自我消亡之后很久才会到来。我看到，在笔记本上，我在四页纸上写下，可能是阿尔茨海默病，这令我感到惊讶，因为当时的我对此已经确信无疑。

神经科医生转而谈起实际问题，这表明问诊即将结束。（也许她再也受不了了，这点我能理解。布赖恩一动不动，但他保持友善、随和，一如往昔。我们能得到的所有帮助就这些，这令我火冒三丈。）她说，布赖恩可能不应该驾车了，即使有GPS也不行，不是因为他会迷路（因为方向感有问题，即使有GPS，我们也很难到达想去的地方。在过去的好日子里，我们曾在一家酒店的停车场里转了一个小时，就是找不到出口），而是因为……布赖恩插嘴说道：我可能会出事故。你可能会害死人，神经科医生说。我俩都沉默了。我觉得可以周末时在他的手机上装上来福[2]（我们确实装了。但他不知道怎么用）。

她让我检查他的钱包，除一张信用卡外，把其他东西都拿出来，然后放入一张写有我的联系方式的卡片。她好像在说一个无法再独立生活的人，而我觉得完全不是这样，因为就在早上，我还看到他自己做燕麦粥，加了很多枫糖浆和一把杏仁，还泡了一杯红茶，在面前摊开了《纽约时报》，一副准备认真阅读的样子。

神经科医生问布赖恩，他是不是那种会轻易地把个人信息告诉陌生人的人。他笑着说不，补充说自己是一个十足的意大利人，他天生的偏执狂和排外心理在这一点上会发挥出优势。他说出偏执狂（paranoia）和排外心理（xenophobia）这样的词时，我心想，看到了吗？！医生，你看！

无论我如何抵抗，神经科医生的每一句话也都让我明白，布赖恩的世界即将变得非常狭小。他的一大乐趣是疯狂采购食材，流连在小市场、奶酪店，还有东黑文那个自制泰式烧烤酱的女士那里，她会在他等待时为他炸一包大蕉。在我们的老房子里，有一台专门存放调料的冰箱。即便是现在，我大女儿也总是说，你们只有两个人，怎么冰箱却从来不空？那就是布赖恩，我说，爱好买布拉塔奶酪、意大利腌香肠、梅尔柠檬、白桃和本顿火腿的人。

神经科医生提醒我们打电话给神经老化研究所，并让我们有空时再去见她，但不着急。从她那里离开后，回家路上，我提出开车去里尤兹餐厅（一家很棒的意大利熟食店），他说不要。这让我失望又震惊，就好像我在周日晚上提出为他口交，他却说他更想看苏格兰悬疑片一样。

我们到家后在彼此的怀里哭了一个小时。我们约定在接下来的二十四小时内少说点话。我们去最喜欢的餐厅吃寿司,由我们最喜欢的服务员接待,他是日本人,一口浓重的日本口音,说起话来就像中西部的女服务员:"你们好吗?今天够热的,对吧?来吧,坐这儿。舒服吗?这个夏天过得好吗?"

我们喜欢这个哈里,我们度过了美好而超现实的几个小时。

周末似乎无比漫长。我不打算工作。我们取消了和朋友们的约会。现在只有我俩,我已经告诉过我成年的孩子们,"我们正在处理一些事情",他们正确地理解了这句话的意思:给我们几天时间。(后来,他们分别向我透露,他们注意到布赖恩身上发生了一些变化——健忘,重复——以及出于爱和宽容,他们没把这些变化放在心上。)我们出去买文具——买一种用来写"再见,我爱你"的信纸,这样他就可以在身后留一些小纸条,写给我的孩子和我们的孙女,因为他已下定决心要结束生命了。(他说,而且还会再说一遍,我宁愿站着死,也不愿跪着活。他已经让我为此想办法了。)他也会给他的母亲和四个兄弟姐妹写卡片,但等到他做这件事的时候,我不得不催促他。

我指给他看那盒印着蜻蜓图案的精美便签卡。他指给我看一个盒子,上面印着一个可以眺望湖泊的门廊,还有坐在阿迪朗达克椅上的四条可爱的狗。我提醒他我们并没有养狗。(我们也不想养狗。好些人跟我说养狗的事。就连我心爱的韦恩也建议说,也许我们现在会想要一条狗。我想我当时大喊大叫了,我他妈的不想要狗,我有一个患阿尔茨海默病的丈夫、三个孩子和四个孙女,我不需要再多照顾一个哺乳动物了。我想我就是这么说的。韦恩点点头。"那就不养狗。")

在贺曼商店的贺卡区,布赖恩和我紧紧相拥,痛哭了好几分钟。没有人多看我们一眼。我给他看一盒卡片,盒子上印着钢笔绘制的一座灯塔。布赖恩点点头,给我看旁边的盒子,盒子上是史努比在那座红色狗舍上,在一台闪亮的打字机上疯狂地打字。他说,这些——这些会让他们笑的。然后我们又哭了起来,仿佛是在家中卧室里,又一次,没有人向我们投来关切或不满的目光。我告诉他,他真的很棒,他是我的英雄。排队的时候,我看到一堆印着粗话的隔热垫。我指给他看其中一张,上面写着"这该死的",他笑出声来。

我们从隔壁一个阴沉着脸的女孩那里买了芒果冰沙，她显然从来没有做过这种饮品。此时此刻，这个破旧的小广场，这个贺曼商店和空荡荡的爱蒂宝商店紧挨在一起的小广场，成了我们新的最爱之地。

我们整个周末都在哭，聊天，晚上狂看电视。我们不是那种遵守传统道德准则的人，但我们不会在白天狂看电视。我们做了一些事：除草，在折扣店为四个孙女买漂亮的裙子，下午晚些时候去看电影，然后，在彼此的怀里哭过之后，像往常那样小睡一会儿，睡得很沉，仿佛被棍棒打晕了过去。醒来后，我们讨论花园，或者新闻，或者夏天的结束——我们谈论石溪市场的披萨之夜将在劳动节[3]结束，而不谈论布赖恩的衰退。我们谈论孙女们，就像所有受宠的孙女一样，她们利用他，捉弄他，给他编辫子，扑向他柔软的肚子，假装自己是小小的橄榄球运动员，试图用游泳动作来绕过他（据我所知，这是防守队员使用的一种冲传技术），[4] 老大老二老三尤其精于此道。在我们睡觉前，布赖恩若有所思地说，他希望掌控自己的死亡，而我要如何为他安排一切。四十八小时后，他做出了决定，再未动摇。我们哭了，我同意了。他对我说，你去研究一下，你擅长研究——也就是说，当我在查阅解脱国际（Exit International）和毒堇协会（Hemlock Society）的信息，以及向你出售塑料火鸡袋和氦气机，好让你DIY无痛（他们不断强调）窒息死亡的网站时，我还在研究如何在暗网上获取十五或二十克的戊巴比妥钠（这是很大的量）。我也在探索我拥有医学学位的朋友的极限，以及一氧化碳中毒的可能性，你可以在自家车库的车里采用这种方法，但是自1975年汽车行业调整了一氧化碳排放量，随后应用了催化转化器之后，这种方法变得不那么可靠了。另外，我们也没有车库。

在我们把所有这些可能性在彼此面前摊开的时候，我们偶尔会遇到来自密友的提议或抗议。一位好友愿意提供车库，我抱住她，我们哭了起来，但一天后，她打电话给我，说她的配偶拒绝了，因为风险太大，不能帮我们。布赖恩最亲密的老朋友、1979年以来的钓鱼伙伴对布赖恩说："如果你觉得你现在还不需要去死，你想再等一会儿，我可以过一两年在田野里亲自朝你开枪。"布赖恩拥抱了他。他的一个兄弟同样表示愿意这么做，当布赖恩拒绝并指出他的兄弟可能会进监狱时，对方耸了耸肩。"我在监狱里也会过得好的，反正我也不怎么出门。"我太喜欢他了。

我查了一下溺水是什么感觉（你只需要输入这行字即可；很多人以第一人称描述了自己差点溺水的经历，似乎可以分为两种，一种感觉像是在一片宁静的脑雾中，看着一道白光越来越明亮，另一种感觉是在可怕的窒息中痛苦地挣扎），以及如何才能溺水。有人告诉我，他的一个朋友，一个将近八十岁的女人，患上无法进行手术的癌症，她在口袋里装满石头，走进了康涅狄格河。我的这个朋友说，这条河就贴着他家后院。我想了想，也许我们需要一艘小船，因为没有一条河流经我们的院子。也许我们需要一艘小船？一天晚上，我开始在免费分类广告网站克雷格列表（Craigslist）上寻找这么一艘小船。在接下来的几个晚上，我睡不着，总是看见布赖恩和我穿着冬天的夹克，深夜把划艇拖到邻居的码头并放入水中的样子。我会和他一起上船，还是仅仅在岸上向他挥手告别？如果我不和他一起，他怎么会记得从口袋里拿出几粒止痛药，这样他就既不会感到疼痛，又能保持足够的清醒，自己从船上翻下去？这让我成宿成宿地失眠，一早又一早地无精打采，但我想，也许他会有不同的看法？我想，这就是疯狂的模样。我还想，尽管如此，还是可以实施。我提到溺水是一些人结束生命的方式。布赖恩瞪着我。"你在开玩笑吗？太冷了。

不行。"

我说我想的是，无论他选择什么方法，我都希望陪在他身边。"如果可以的话。"我说，好像这只是我们的第二次约会，而我不想做那种黏人的女人，一门心思想知道这段关系发展到了什么阶段。（我实际上并不了解约会这件事。十九岁之后，我就没怎么约会过了。后来，了不起的韦恩指出，丧偶可能到头来是我单身的机会。"这是你成年后的第一次机会。"他说，以此强调我已过了四十七年几乎没有空窗期的时光。）

"我的第一选择是这样的，"布赖恩说，"我们会一起经历这个过程，一旦到了我真正走下坡路的时候，你就告诉我，然后我们一起躺下，也许在我的办公室，而不是在我们的卧室——好吧，也可能在我们的卧室，看情况——你给我服下任何能杀死我的东西。我相信你的判断。"

"我不能那么做，亲爱的。那是谋杀。我不能给你会杀死你的东西。我们经常看到关于这类事情的报道。这些人会被起诉。"我说，尽管我并不真的认为我这个年纪的白人妇女会因为协助丈夫结束生命而在康涅狄格州——布赖恩常常称之为"痼习之地"——被送去服重刑。

"我可能会进监狱的。进监狱。"

布赖恩想了想，思绪似乎飘走了，而后回过神来，满怀热情。

"你在监狱里会过得很好的。你头脑灵活，有领导才能。一定会过得好的。"

我告诉他，我不会那么做，无论我们做什么，都必须由他自己引导自己走向终点。他睡着了。在谷歌关于终结生命、自杀、协助自杀、安乐死、绝症晚期和做出终结生命选择的虫洞的深处，我终于在8月找到了一个瑞士组织，Dignitas，即使是外国人也可以申请陪伴性自杀，只要符合他们的标准：精神健全，有相关医疗记录证明，拿得出一万美元，并且有足够的行动能力到达苏黎世郊区。我已经开始想象我们如何去苏黎世，如果Dignitas不行的话，我们真不知道（主要是我，没有受过医疗培训，手眼协调能力有限）要如何在家里完成这件事。（他们多次强调申请和临时这两个词。）

1　黛安娜·阿克曼（Diane Ackerman, 1948年生），康奈尔大学和哥伦比亚大学文学教授，集诗人、作家、记者、探险家和博物学家身份于一身，代表作有《动物园长的夫人》《感觉的自然史》《鲸背月色》等，获得古根海姆奖、约翰·巴勒斯自然奖、拉文诗歌奖、猎户星座图书奖。文中所引句子出自她的著作《精神魔力》（*An Alchemy of Mind*）。

2　来福（Lyft），美国的一款线上打车软件。

3　美国的劳动节在每年9月的第一个周一。

4　此处疑为作者笔误。美式橄榄球比赛中，进攻一方持球冲传，防守一方则要拦截。游泳动作是防守队员绕过进攻队员，突破进攻阵线的经典动作之一，但并非"冲传技术"。

死亡权

在美国，死亡权就像吃饭的权利和住得体面的权利一样有意义；但你拥有这项权利，并不意味着你能得到自己想要的。在布赖恩告诉我他的决定后，我打电话给纽约生命终结之选（End of Life Choices New York）。我女儿认识一个女人，那个女人又认识这个组织里的另一个女人。这个组织的使命是"扩大生命终结时的选择，尊重每个个体的愿望，争取最佳生命质量和平静的死亡"。他们的网站上写道，他们还致力于教育人们了解终结生命的选择。他们已经实现，在纽约，至少可以合法地向临终者传达关于安宁疗护和临终关怀的信息，他们还设法在2011年推动通过了一项法律，明确主张这些人有权知道自己可以获得的护理。他们进行教育，他们倡导权益并持续追求，他们还提供咨询（这可能是最有效的）。

我打电话给优秀又亲切的临床主任朱迪思·施瓦茨博士，请她谈谈这个组织，但她不得不先安抚我，因为她一接电话我就哭了起来。她立刻告诉我她和这个组织能做什么，不能做什么。他们致力于政策制定，努力扩大死亡权法律的范围，这样你就不必等到绝症的最后阶段才能得到帮助和医疗援助，他们试图确保，至少，如果你的配偶或朋友真的协助你结束生命，将不会面临起诉。（通常，那些举过枪或下过毒的寡妇的下场是"两年无监督缓刑"，但在这之前，你会被捕，陷入法律泥淖，登上当地报纸的头条。）

施瓦茨博士说："每当提议进行任何形式的死亡权立法时，只要涉及你的选择权，反对者就会立刻拿出一千万美元。"

纽约生命终结之选支持自愿绝食作为唯一有效、合法和确定的结束生命的方式，即使是身体极度受限的人也可以选择它。在我看来，这种方式对每个人来说都需要极大的自律和毅力。多年前，我的一个朋友，坐在她好友的床边，握着好友的手，就这样过了几周。她说，一开始很平静，后来痛苦不堪，然后就结束了。在我看来，我的朋友在那之后变成了一个更好的，也完全不一样了的人。

"这并不容易。"施瓦茨博士说。

我说："这需要几周的时间，我知道的。"

电话那头沉默了片刻。

"你丈夫多高多重？"她问。我脱口而出准确数字，因为布赖恩总是像超模一样播报体重的每一点变化，这是由于他在青春期时曾因橄榄球和搏击运动患上进食障碍。"他身高6英尺1英寸，体重215磅。"（拿到诊断后，他立刻瘦了十磅。完成了Dignitas的申请后，他的体重又增了回来，食饮于他像是肩上的什么使命，像往常一样，他乐于分享，乐于点更多菜，乐于见见厨师。）

朱迪思·施瓦茨博士说："哦，可能要三周，甚至再多一周。"她善意地说："这个过程常常不太容易。"

对此，我的理解是，经常意味着始终如此，就像我现在所有的对话中，很少实际上意味着永远不会。我问了两次，她让我知道，她的组织完全不参与实际操作。

"哦，不。"她马上回答，但还是很热情。我爱朱迪思·施瓦茨，正如我现在爱每一个在这个过程中没有表现出残忍，没有流露出恐惧，哪怕只能帮上一点点忙的人。

我问她对Dignitas了解多少。

"哦，是的，他们是来真的。"她说。我再次确信他们不是骗子。[尽管在2018年5月，英国广播公司（BBC）新闻报道称，一名前员工指控主任米内利先生从富有的、或多或少感到满意和感激的死者家属那里接受了遗赠。谁能责怪他们？是他们让你挚爱的亲人能够以一种无痛的方式结束苦痛的生活，结束在痛苦中衰朽的生活，或者结束一百零四岁的精疲力竭的生活——就像生态学家和植物学家大卫·古德尔那样。他说："我的生活能力在过去一两年中一直在下降，我的视力在过去六年中一直在下降。我不再想要继续活下去。我很高兴有机会……结束它。"[1]]

我现在已经读了有关Dignitas的所有资料，无论是赞成的还是反对的，也看了大部分的纪录片。Dignitas似乎真的实践了他们所承诺的：你填写表格，写几篇文章（一则传记和几段话，论述你为什么希望进行"陪伴性自杀"），最后给他们汇一万美元（我记得，如果你有需要，还可以另外加上火化和邮寄装着骨灰的普通骨灰盒的费用）和一堆文件。你抵达苏黎世，他们会和你面谈两次（以前只需要一次，但有人投诉说需要进行更多的评估，我猜那个人和瑞士政府有关），你要带上各种身份证明，这样一来，若瑞士警察想要鉴定尸体的身份，就不会太麻烦（显然，有时需要给刚回到家的悲恸的美国人打几通电话)。

"他们是瑞士人,"朱迪思·施瓦茨微笑着说,"他们要的是:辨别力。辨别力。"她强调这个词,就像那个女人(我朋友的朋友,去年带她的父亲去了Dignitas,现在已经成为我在最后阶段的指导教练)一样,就好像这个词对瑞士人或对Dignitas来说,也许意义特殊。"辨、别、力,"她说,"你必须领会这一点。这就是他们所要求以及要核实的东西。他们绝对不会接受一个无法完完全全地理解并明确自主地做出这个选择的人。"

现在,他们要求去苏黎世的人提供牙科记录,我得找到这些文件。我用一种"你能相信吗?"的口吻向施瓦茨博士提到这件事。

"只管照他们说的去做。"朱迪思·施瓦茨说。

我确实照做了。

牙科诊所经理(可能是牙医的妻子):布赖恩要换牙医吗?他对L医生不满意吗?他在我们这里看牙已经很长时间了……

我(心里想着,我丈夫绝对不会换掉一个喜欢橄榄球,在耶鲁碗比赛中看过他的出色表现,而且还是同乡的牙医。

病程记录

病人：布赖恩·阿米奇 日期：2019年11月21日
牙科医师： 病历号：
电话： 社会保障号码：
办公地点： 出生日期：

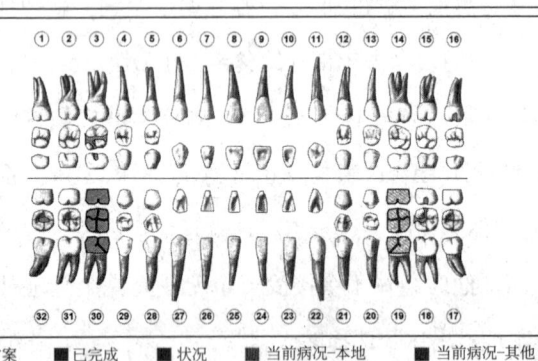

■ 治疗方案　■ 已完成　■ 状况　■ 当前病况-本地牙医识别或处理　■ 当前病况-其他牙医识别或处理

日期	牙齿	表面	程序	牙医	描述	状态	金额
2006年5月4日	19		冠-瓷/陶瓷基质	牙科医生1	高级金属烤瓷牙冠	治疗方案	950.00
2006年5月4日	19		根管治疗-前牙	牙科医生1	镇静性充填	已完成	40.00
2006年5月12日			检查和评估（口腔健康评估）	牙科医生1	定期口腔评估	已完成	39.00
2006年5月12日			口腔放射线全景图像（单张）	牙科医生1	咬翼位-两张片子	已完成	40.00
2006年5月12日			预防性口腔清洁（常规洗牙）	牙科医生1	成人预防性护理	已完成	77.00
2009年7月27日			检查和评估（口腔健康评估）	口腔卫生士1	定期口腔评估	已完成	39.00
2009年7月27日			肿瘤或囊肿检查	口腔卫生士1	咬翼位-四张片子	已完成	60.00
2009年7月27日			预防性口腔清洁（常规洗牙）	口腔卫生士1	成人预防性护理	已完成	77.00
2009年8月12日	19		冠-瓷/陶瓷基质	牙科医生1	高级金属烤瓷牙冠	已完成	950.00
2009年9月21日	18	近中-咬合-舌侧面	根管治疗-单根侧磨牙	牙科医生1	后牙复合树脂-三面	已完成	210.00

续 表

日期	牙齿	表面	程序	牙医	描述	状态	金额
2010年3月16日			检查和评估（口腔健康评估）	口腔卫生士2	定期口腔评估	已完成	39.00
2010年3月16日			预防性口腔清洁（常规洗牙）	口腔卫生士2	成人预防性护理	已完成	77.00
2011年8月23日	30		冠-瓷/陶瓷基质	牙科医生1	高级金属烤瓷牙冠	已完成	950.00
2011年10月11日			肿瘤或囊肿检查	牙科医生1	定期口腔评估	已完成	39.00
2011年10月11日			检查和评估（口腔健康评估）	牙科医生1	咬翼位-四张片子	已完成	60.00
2011年10月11日			预防性口腔清洁（常规洗牙）	牙科医生1	成人预防性护理	已完成	77.00
2012年4月13日			检查和评估（口腔健康评估）	口腔卫生士1	定期口腔评估	已完成	39.00
2012年4月13日			预防性口腔清洁（常规洗牙）	口腔卫生士1	成人预防性护理	已完成	95.00
2012年10月19日			预防性口腔清洁（常规洗牙）	口腔卫生士1	成人预防性护理	已完成	95.00
2013年5月3日			肿瘤或囊肿检查	牙科医生1	咬翼位-四张片子	已完成	60.00
2013年5月3日			预防性口腔清洁（常规洗牙）	口腔卫生士1	成人预防性护理	已完成	95.00
2013年11月13日			预防性口腔清洁（常规洗牙）	口腔卫生士1	成人预防性护理	已完成	95.00
2014年6月26日			检查和评估（口腔健康评估）	口腔卫生士2	定期口腔评估	已完成	42.00
2014年6月26日			预防性口腔清洁（常规洗牙）	口腔卫生士2	成人预防性护理	已完成	95.00
2015年1月7日			检查和评估（口腔健康评估）	牙科医生1	定期口腔评估	已完成	42.00
2015年1月7日			预防性口腔清洁（常规洗牙）	口腔卫生士2	成人预防性护理	已完成	95.00
2015年8月27日			检查和评估（口腔健康评估）	牙科医生1	定期口腔评估	已完成	42.00
2015年8月27日			预防性口腔清洁（常规洗牙）	口腔卫生士2	成人预防性护理	已完成	95.00
2016年3月1日			检查和评估（口腔健康评估）	牙科医生1	定期口腔评估	已完成	42.00

但我们必须带着牙科记录去苏黎世,好让他能安心离世):不是的,他喜欢L医生。我只是需要他的牙科记录。

牙科诊所经理:好的,但是……

我:我只是需要他的牙科记录。

牙科诊所经理(心里想着,去你的):好吧,你得自己来取。午餐前。

我:明天上午见。

咔嗒。电话挂断。

---

1 大卫·古德尔(David Goodall, 1914—2018),澳大利亚生态学家和植物学家,104岁时由于健康恶化,前往瑞士寻求安乐死,结束了自己的一生。

2019年9月,纽黑文

我们把希望寄托于Dignitas,因为美国的死亡权法律帮不上忙。Dignitas指示我去见布赖恩的精神科医生,因为Dignitas的海迪告诉我,由于布赖恩正在接受治疗,他们需要他的精神科医生提供一份心理健康报告。我敢肯定布赖恩的精神科医生已经知道布赖恩的MRI检查结果了,因为我在网上查到,布赖恩的神经科医生和精神科医生不仅年龄相仿,在同一个城市执业,还会互相转诊病人。我还了解到,他们毕业于同一所医学院。我能想象着他们每年都会共进晚餐好几次。在喝了几杯灰比诺葡萄酒后,神经科医生可能会这样向精神科医生总结布赖恩的状况:不太妙,他的大脑萎缩了,有很多白色的东西,他的简易精神状态评分是23分，23分，耶鲁大学毕业生。他们都摇了摇头。

事实证明，这两名医生对我来说是我们这个故事中的反派。我写小说时，几乎不会有反派。偶尔会有一些残忍的父亲，最终往往会被一段了不起的、令人尴尬的恋情所救赎，或者表现出同情心或体面的一面，尽管程度可能很低。我的小说中有很多不忠的妻子，但如果你仔细阅读，考虑到她们嫁给了令人深感失望的男人，就很难说她们是恶人。有时这些女人看起来有点冷淡，言辞简短、刻薄，不怎么与人拥抱，但我喜欢她们。

一位同事这么描述布赖恩的精神科医生：智商高于平均水平，社交技巧低于平均水平。不管是好是坏，我认识很多精神健康领域的从业者，各种各样的人：社会工作者、心理学家、精神科医生。布赖恩告诉我，他认为他的精神科医生很聪明，为人低调，而且她喜欢他。我不认为布赖恩曾遇到过不真心喜欢他的治疗师。

多年前，当他从当时的治疗师、一位备受尊敬的纽黑文精神分析师那里回家时，我会问他情况如何——我当然知道并赞同这样一种观点：他的治疗不关我的事——布赖恩可能会说，我们聊了很久耶鲁大学本赛季的橄榄球计划，我们谈到了卡姆·科扎（布赖恩在耶鲁大学时的橄榄球教练），我们谈到了耶鲁大学早期的棍网球比赛（他们招募了一些橄榄球队员，把棍网球杆塞到布赖恩手里，让他上场震慑敌手）。我知道他们也谈到了布赖恩与他父亲的斗争，我们的新婚生活，以及在建筑师遍地的纽黑文要做一名建筑师有多难，但他反馈的是，他们花了很多时间快乐地闲聊天。新的精神科医生则不一样，似乎更致力于探索他的内心世界，我为此感到高兴。

这名新医生对我们来说很重要，因为她能证明布赖恩"心智健全"。我告诉了布赖恩我的想法，他把手机递给我。我们约时间见个面，他说。我在我手机上给精神科医生发了短信。我问她是否注意到布赖恩的认知功能有问题，她说是的。

我建议我们三个人一起见个面。精神科医生回复说，这次约见需要由布赖恩来安排。我想，是的，是的，我知道。我做了二十五年的临床社会工作者，我有这个意识。我给她回短信，大意是：还有，也许你还记得不久前把布赖恩介绍给一名神经科医生做认知评估，之后又做了MRI检查，所有这些，或说其中任何一项，是否会让你觉得由布赖恩自己安排一次约见（记住、计划和通知）可能有困难?（我觉得我没有很好地控制短信中的语气，但她不认识我，她可能会觉得我就是……直率而已。）

精神科医生：是的，我记得。

我冷静下来，问我们是否可以在几周后见面。

精神科医生：如果布赖恩要求见面，当然可以。

布赖恩从我身后看过来。他说，以我的名义回复她，要求见面。我照做了。

在MRI检查报告出来后，见精神科医生成为我们的头等大事。我们计划当面讨论简易精神状态检查的结果，但等我们见到精神科医生时，神经科医生的报告已成为通往Dignitas之路上的一个障碍，我需要寻找其他精神科医生或神经科医生来证明报告有误。报告错误地把布赖恩归为抑郁症患者，如果这是真的，Dignitas肯定会说不——我们必须获得精神科医生的支持。

在我们唯一的一次会面中，当布赖恩和我告诉精神科医生，在了解诊断和MRI检查结果后，我们正在考虑Dignitas时，她的痛苦溢于言表。就像亲人和医疗服务提供者经常会做的那样，她也建议我们去度个假，最后再去一次拉文纳或特柳赖德旅行，或者去佛罗里达礁岛群钓马林鱼。我知道，即使没有看过关于阿尔茨海默病及其进程的一万个YouTube视频，医疗专业人士也知道，没人能预测布赖恩病情的发展会有多快或多慢。无论你是医务人员、神职人员、忧心忡忡的子女还是抱着希望的配偶，你都知道（即使你从来不说），这种疾病会像冬天一样逐日加重，那些今年还能歪斜着嘴露出深含爱意的笑容的人（即使他们对地点、个人经历、约会和账单都犹疑不定），再过几年便无法进行真正有意义的交谈，也不能维系一段关系，十年后，他们就无法行走或微笑致意。最终，你会像我的一位朋友（其爱人在五十岁时患上阿尔茨海默病，活到七十岁）所说的那样，只希望你的爱人能忘了怎么吞咽。

我请求精神科医生为我们写一封给Dignitas的信，声明布赖恩心智健全并理解自己的决定，以备不时之需。布赖恩解释说，他需要具备足够的认知能力才能筹划协助自杀。（我们称之为协助自杀，是因为我们还没有习惯Dignitas的"陪伴性自杀"的说法，对我来说，这听起来就像是现场会有一支管弦乐队在一旁待命。）在我看来，他显然心智健全并理解这个决定。精神科医生没有争论，也没有讨论他的心智状态问题。

她忐忑地捂住嘴，她说："我现在必须回答那个问题吗？"

我退了一步。我说她不必现在回答，但很快她就必须回答，因为我们很快就会向她索要那封信。我们都陷入沉默，然后她欠身，带着玛丽亚·冯·特拉普[1]一般的热情，告诉我们，我们应该计划快乐的时光，寻找快乐的活动。她把双手举过头顶。她提到去欧洲度假，去看美丽的湖泊。她说了好几次快乐，布赖恩和我盯着她看。我们想要快乐，真的。我们真的想。但我俩都不认为八年的稳步衰退和自我的完全丧失听起来像是"快乐"。

我们回到家后，布赖恩说，我觉得不会有什么好结果，她不站在我们这一边。我赞同。

布赖恩通过短信终止了与精神科医生的治疗关系。接下来的几天里，她给他发短信，试图让他去她的办公室做个了结。我理解。我可能也会这么做。我不希望布赖恩去见这个人，因为我担心她会谈论更多的驳船之旅，或者在他有生之年治愈疾病的可能性，这会令他心烦意乱。（就连在阿尔茨海默病的网站上，最近最令人鼓舞的消息也都是：手机应用程序可以帮助你找到阿尔茨海默病患者，或把他们组织起来。近期所有重要但失败了的临床试验都被说成是对抗击阿尔茨海默病非常有帮助。）我觉得精神科医生可能会让布赖恩改变主意，但我也很怀疑。我不认为我能让他改变主意。

他为精神科医生感到难过。他说,我知道我让她苦恼了。这让他想去见她。于是,他出去散步了。他回来后说,她不站在我们这一边。

最后,在我们快要无计可施的时候,精神科医生给Dignitas写了一封简短的信。

敬启者:

我应布赖恩·阿米奇先生(生于1953年6月19日)的请求写下这封信。阿米奇先生从2018年1月22日开始接受我的精神治疗,直到最近于2019年9月9日终止。

我可以证明,在治疗期间,他没有精神疾病、思维障碍、抑郁,也没有自杀倾向。

谨启。

2019年9月21日

这封信证明布赖恩心智健全,没有精神疾病、思维障碍或自杀倾向,但这还不够;就连瑞士人都看得出来,医生惜字如金。布赖恩又给精神科医生发了一条信息，要她写一封更有力的信，她确实发了一封。虽然没有强多少，但她用了几个积极的形容词来描述他的心智状态，并明确表示他有……辨别力。

我不得不把神经科医生关于布赖恩的MRI检查的书面报告发给Dignitas，这让一切变得更糟，但并不是因为报告内容有什么。问题在于，报告的右上角写着：检查原因：重度抑郁发作，当前处在抑郁症发作期。布赖恩从没得过抑郁症，也从未因抑郁症接受过任何形式的治疗。这段文字我俩都没有在意，但Dignitas的网站上明确表示，他们不帮助临床抑郁患者自杀。我们在Dignitas的联系人海迪已经看过报告，也已经说得很清楚了。我尽力向海迪解释，神经科医生搞错了。海迪的意思是：这是有可能的；你们要再努把力，否则我们无法帮助你们。

第二天，我打电话给神经科医生的办公室，与医生简单谈了谈。她说，好吧，我那样写是因为必须要解释一下为什么我要求做MRI检查，而我知道他正在看精神科医生；这不重要，埃米。

我试图向她解释这很重要，但我没有告诉她，如果Dignitas看到抑郁症这个词，他们将不会接受布赖恩的申请。我问她是否愿意把MRI检查申请表上的原因改为更准确的认知障碍。她说，这不重要，然后挂断了电话。

次日，我再次打电话，但神经科医生没有接，也没有回电。我找到了她的行政助理，后者立即把自己挡在了我和神经科医生之间，从理论上来说，我尊重这种做法。她说如果布赖恩和我想讨论报告，我们可以预约。我预约了一个月后的时间，这是最后的那张牌：只有在所有其他办法都失败的情况下，我们才会赴约。我发现，一向坚忍、果决的我（也许不及我丈夫，但还是可以这么说），现在竟无法承受被拒绝的滋味，无论拒绝我的是一个人，还是整个宇宙。这件事让我难过了好几天。

几天后，Dignitas的海迪针对我发给她的所有资料回复了一封邮件，并安排了我们的首次电话沟通。对此，我既期待又紧张。布赖恩给自己冲了杯咖啡，坐在厨房岛台旁，镇定自若，准备就绪。我从未见过他打橄榄球，但我一眼就看出，他脸上写满了那种要打比赛似的严肃劲儿。真让人难忘。

如果海迪是纽约的犹太人或意大利人，她会对我大吼大叫的。（为了这通电话，我们不再假装所有的通信都是布赖恩独自处理的,就像一个有……辨识力的人会做的那样。)在要求和我说话之前,海迪先和布赖恩寒暄。

"你感觉如何,阿米奇先生?"

"总的来说,我感觉还不错。"

"听你这么说,我很高兴,阿米奇先生。"

如果海迪是我的某个亲戚,她不会用低沉而有力的声音说话;她会大喊:

你是聋子吗?你给我寄这份乱七八糟的报告,最顶上写的是什么?我问你呢,姑娘,写的是什么?!它写着,检查原因:重度抑郁发作。这可不行。你在听我说话吗,埃米尔[2]?这绝对不行。

这份MRI检查报告,那是你的问题。是你该做的事情。(此时,我的亲戚会打掉我手里拿着的东西,无论是杯子、勺子还是报纸。)在我们看来,阿尔茨海默病是一种精神疾病。你需要做的是得到一个适当的评估而不是一些不冷不热的信,我的意思是,一份适当的报告,一个合适的精神科医生。你知道我们在瑞士尊敬谁吗?弗洛伊德!去找个弗洛伊德医生,给我们出一份合适的详细报告。你没有那么多的时间。在收到弗洛伊德医生的报告之前,我们不会有任何动作。如果我们没有收到他的消息,你就收不到我们的消息。明白吧？好的。
……………

我挂断电话，布赖恩疑惑地看着我。刚刚打电话时，我有好几分钟静静地坐着，眨着眼睛，点着头。

"没什么，"我说，"我们只是需要一份更好的精神病学报告。"

"没错。"他说，又继续看起了新闻。

布赖恩继续看新闻，我开始做晚餐。晚餐糟透了。我一直是个称职（有时很出色）的厨师，现在却和那些风评很差的糟糕厨师一个样儿。我经常对锅里或盆里出现的东西感到失望和惊讶。烤的东西都焦了。炒的东西黏糊糊的，炒过头了。什么味道都不对。几乎所有东西都太咸，太油，或者有一股金属味。大约每周一次，我把整餐饭菜都倒掉，我们就吃披萨和沙拉，或者我做三明治。我以为自己已经集中注意力，但并没有。当我又一次把晚餐扔进垃圾桶时，布赖恩的正念/冥想老师唐娜打电话来询问他最近怎么样，因为他缺席了冥想课程的最后一堂课（日期对，时间错）。他面露喜色，我走进另一个房间。半小时后，他挂断电话，心情极好。我建议他给她回个电话（"现在怎么样？"我说着，把他的电话不声不响地递给他），问问她是否愿意成为他的新治疗师。他问了，而她答应了。上帝保佑她，愿她被载入《生命之书》[3]中。

一位同事告诉我："我听说她有点古怪。"我一点也不在乎。我不在乎唐娜是否穿着橘黄色长袍，把玩蔷薇石英水晶（她没有）。每次接受唐娜的治疗后，布赖恩都步履轻盈。

布赖恩与唐娜每周两次见面，大约两个月后，他说想让我一起去。

"去做夫妻治疗？"我问道。

布赖恩想了想他为什么希望我同去。

"当然。还因为我们讨论了很多东西，我过后就不记得了。你可以帮我记住。"

我马上答应了。我其实不想这样做。我们曾接受过夫妻治疗，他和我，很多次。我们的治疗师是个很棒的老太太，她似乎很喜欢我俩。她会像马路协警举起停止牌那样举起手来，告诉我，安静点，还没轮到你。而你，她会对布赖恩说，注意听，这部分很重要。她告诉他不要做一个自私的孩子，也告诉我不要对他太苛刻。她对他说，你选了她，这个不会样样伺候你的女人。就在我正要说，实际上我几乎样样伺候他的时候，她朝我这边扬起染过的眉毛。

你选了他，你选了歌剧和番茄酱，而不是白葡萄酒和忧郁，这时她会咯咯笑，布赖恩和我也会笑，大家都很高兴。我们为她着迷，事实上，在我们结婚前一年的第一次治疗后，我们就把她聘为顾问。我们一直断断续续地和她保持联系，直到几年前我们再次感觉已掌控局面时才终止。

很多年前，有一次，布赖恩连着几周闷闷不乐，我不知道为什么，对他非常生气，我说我觉得他肯定是外面有人了。他目瞪口呆地看着我，说："我没有外遇，我只是像个蠢货。"他把手机递给我，说：打给瑞秋，我们可以去见她，然后去三阶梯餐厅。在车上，他说，我能和谁搞外遇？我想不出会是谁，风暴就这样平息了。但我们还是去了瑞秋那儿，也去了三阶梯餐厅，因为布赖恩喜欢他们那种20世纪70年代初的意大利餐厅氛围，喜欢美味的意大利肉酱和平平无奇的开胃菜——他对餐厅里的一顿饭的态度，就和人们对钱和健康的态度一样：有总比没有好。

随时给我打电话。瑞秋在五年前我们最后一次见面时高兴地说。2019年，瑞秋打电话给我。她从她的病人（也是我的一个朋友）那里听说布赖恩得了阿尔茨海默病，要去Dignitas。她说，拜托，请来我的公寓一趟吧。

到了那里，我按了很多次门铃，她才出现：消瘦而心不在焉。"哦,"她说,"我不确定是不是门铃在响。"她的家是精神分析理论、玛丽梅科[4]和来自世界各地的中世纪小摆设的圣地。她把我带到一张破旧的沙发前。

她说,虽然她告诉她的病人她有健康问题,很快就会退休,但实际上她患有阿尔茨海默病,希望可以把一些病人介绍给我认识。她找不到病人的名字,我们坐下来,她说:我听说了你和布赖恩的事,我希望,你懂的,我可以跟你们一起走。她讲述了一个我们三人前往瑞典的计划。我说,是瑞士,我告诉她,那不是办法,申请过程相当长。她看起来很失落。

"你知道我有阿尔茨海默病吗?"她说。

"是的,我知道。"

"你怎么知道的?谁告诉你的?"

我没对布赖恩提起过这次(或下次,或再下次)拜访。我告诉瑞秋,我将不得不失联一段时间(因为布赖恩和我正在准备去苏黎世,我知道我不可能先护送他,再护送她)。她告诉我,她的律师站在她这一边,她认为他可能可以帮她去瑞典。我说是瑞士。我就她的律师表达了一些积极的看法,他听起来是个好人,我反复说,我希望她和女儿们谈谈她的感受。"你是说我的臀部。"她说。我说不,我是指她的健忘。"哦,她们没必要知道,"她说,"你知道,埃米。你能搞定的。"

我再次劝她和女儿们谈谈她的担忧,而我也知道我所说的一切都没有意义。最后,我问她要她女儿的电话号码,瑞秋给不了我号码,或者她也不愿给。她最终由她的一个女儿照顾,没有去Dignitas,因为那个窗口期可能在两年前就结束了。她将在记忆护理中心[5]度过余生,我所希望的最好结果就是她尽快离世。她并没有很快去世,在我们的下一次通话中,她已住进记忆护理中心,她说,这里发生了一些非常奇怪的事情,请来看看我吧。

1 玛丽亚·冯·特拉普（Maria von Trapp, 1905—1987），奥地利歌唱家，也是"特拉普家庭演唱团"的一员。她的人生故事启发了音乐剧《音乐之声》的创作，在剧中，玛丽亚被描述为充满活力和乐观的角色。二战期间，她和家人逃离被纳粹占领的奥地利，最终在美国定居。

2 埃米尔（Amele），埃米的昵称。

3 《生命之书》（Book of Life），在不同的文化和宗教传统中有不同含义，在最广泛的意义上，它通常指的是一部象征性的或神话中的书，记录着所有善良或得救的灵魂的名字。

4 玛丽梅科（Marimekko），芬兰品牌，生产服饰、家居用品等，以鲜艳大胆的印花图案为特色。

5 记忆护理中心，为阿尔茨海默病及其他类型的痴呆患者开设的专业护理机构，提供全天候的照护服务。

鸟　食

有一天，早餐后，布赖恩说:"我得去买鸟食了，没有了。一整年鸟食都没断过，但几周前鸟食生虫了，我就停了几周。"

"你停了一年了。"我说。我想，埃米，你到底怎么了？谁在乎呢？

显然我在乎，因为我想要指出鸟儿们受苦了，虽然鸟食生虫这个问题很糟糕（而且确实很恶心：有翅膀的小虫飞出来，像恐怖片一样），但实际上，他将近两年都没有管过鸟食了。显然，我坚决要告诉他已经不止两周了。布赖恩负责所有和鸟儿有关的事，我指出他没有照顾好这些鸟，对他而言是一种侮辱。我努力不去说这样的话，但每隔一段时间，我想要证明什么的需求就会冒出来，这是一种很基本但又很讨人厌的需求，它驱使我说一些他根本不必听到的话。我为自己而羞愧，但接着布赖恩对我发了火，他无法理解为什么他会因为鸟食而被"拷问"。他的嗓门大了一些，气急败坏，扭头就走了，去钓鱼了。我很高兴，不仅因为他走了，还因为他对我大吼大叫，这很不公平（你可以说我在强调没有喂鸟的问题，但我并没有拷问他），故而让我不再感到羞愧。

几天后，我们在唐娜的办公室里，多多少少还是在谈论鸟食。布赖恩看到唐娜窗外的鸟，说，我得去买些鸟食。我点点头。

我们去那里是为了做类似夫妻治疗的事。一方面，这挺像夫妻治疗，因为我们在一个铺着米色地毯的小房间里，面对着她，挨在一起坐，我们时不时深情而紧张地看向对方。有几次，我的眼里充满了泪水。另一方面，这又不像夫妻治疗，因为我们都不期盼对方会改变。只要我俩生活在一起，布赖恩现在是什么样，以后就还是什么样。然后我想，好吧，其实大多数夫妻治疗都是如此，只不过当我是治疗师时，我通常不会在第一次治疗开始时这样说。

2019年11月，在唐娜的办公室里（当时布赖恩已确诊几个月，但Dignitas还要再过几个月才会接受申请），布赖恩说，我想在死之前最后度一次假。

唐娜（她一直在引导他谈谈如何予我以支持）：啊，去度假。

我（内心的声音）：你开什么玩笑？安排一次旅行？现在吗？去哪儿？某个我们去过并且喜欢的地方，留下一段混沌又破碎的新记忆？还是找个新地方，让我帮你搞定一切，而你却厌烦我的操心，只顾悠闲地走进异域城市里永不打烊的酒吧，身上除了一口袋的欧元和你友好的微笑，一无所有？

我（外在的声音）：哦，度假。当然。可以。

当我们回到家时，我希望他已经忘记了这个长假计划。我问他有没有可能想度个小假。我没有提大的节假日。一周前，了不起的韦恩提到布赖恩可能想要最后来一次大型垂钓之旅，这样的话，我就可以在布赖恩去钓小鲔的时候，在新泽西的汽车旅馆里待着。我发现韦恩对钓鱼了解颇多，和大多数喜欢钓鱼的男人一样，他对其他钓鱼的男人有一种淡淡的真挚的情感。他理解钓鱼上瘾。因为韦恩，我给新泽西的五名钓鱼向导打了电话。现在是11月初，天气转冷了。没有人愿意去。我告诉韦恩我给五名向导打电话的事，因为我不想让他觉得我不在乎我丈夫的快乐。我明白所有的快乐都稍纵即逝，但我现在意识到，除短暂外还有一件事：这种快乐再也不可能有了，一次也不会有了，下周不会有，一年后更不会有。一扇扇门不断地在我们四周关闭。我不情愿但又怀着希望，给在卡罗来纳州工作的另外三名向导打去电话。（我也和韦恩讲过。）

我辜负了布赖恩。

他的医生们也辜负了他，包括他的内科医生，一个讨厌坏消息的乐天派。几年前，也就是2016年，当布赖恩因为记性差去问诊时，乐天派医生给了他很大的安慰，这是布赖恩回家后告诉我的。

当我们去找他讨论维生素B12问题时，乐天派医生像往常一样看到布赖恩就很高兴，但看到我时什么都没说。他看了神经科医生的转诊单后说，哦，维生素B12。他说B12过去常常是通过注射给药的，那时注射是黄金标准，但是，好消息是，现在不这样了。他说布赖恩应该服用大剂量的B12，舌下含服（压在舌下溶解），并且应该终生服用。乐天派医生解释说，他正在安排更高级的第二次B12

检测，他希望这次检测能揭示B12缺乏的另一个可能的原因，即萎缩性胃炎，这种疾病会导致胃壁变薄，影响吸收。他愉快地看着我们，从座位上稍稍起身。我意识到他暗示我们可以走了，而我也看出布赖恩不打算继续讨论下去。

布赖恩的血液检测结果出来了，一切正常，我很高兴，但还是对上次见面感到愤怒和困惑，于是我给乐天派医生留了一条语音留言。

几天后他给我回了电话，我告诉他，我不明白为什么在问诊过程中，他从来没有问过神经科医生的转诊或者布赖恩的认知问题。他结结巴巴地说，他以为转诊是因为头痛。

什么头痛？我告诉乐天派医生，如果他看过布赖恩的病历，就会知道布赖恩几乎从没头痛过。

乐天派医生说："好吧。"那语气就像一个十四岁的男孩，执拗而紧张。

"什么意思？你觉得这样好吗？一个你长期照顾的病人被神经科医生转诊，你一点都不关心原因，这样好吗？有什么好的？"

"好吧。"他说。

"这根本不好。"我说。

吉尔福德市集[1]的末尾

    吉尔福德市集的末尾简直是一场噩梦。要是双胞胎孙女跟我们在一起，情况会更糟，所幸布赖恩已经陪她们买过冰淇淋，进过游乐场，现在她们和父母一起回家了。9月来临，MRI检查已是过去的事，布赖恩的痴呆如野草一般迅速生长，逼近一双孙女，我们努力避开这些杂草，迂回前进。

    过去这一年里，已退休的布赖恩每周一次去接女孩们放学，或者从夏令营接她们回家。这个夏天，他去夏令营接她们，却找不着人。她们的母亲和我在我家的车道上等他。我给他打电话，打了一次又一次。将近一个小时后，我开车出去找他们，在路上又给他打了一个电话，这次打通了。（我们为他的手机争吵的次数几乎是所有其他事情的总和；他越来越不会用手机，也就越来越抵触，他随身带着手机以备不时之需，却又一整天都静音。）他的声音听起来很疲惫，呼吸急促。他说，他找不到她们所在的房间，还有，他们几个一直在某个地方绕来绕去。然后他说他们哭了，每个人都很难过。这就像和一个被困在路边的男人说话，他刚从车里摔出来，只能眼睁睁看着车辆爆炸。我问需不需要我去接他。他说不用，他很快就会带着双胞胎回家。

我偶尔会在她们的记忆里搜寻，但似乎两个孙女都不记得这件事。伊登记得巴布以一种新的、有些"疯狂"的方式下跳棋，但她觉得这是他在故意搞笑。那天他去接她们时去晚了，在吉尔福德湖学校找不到她们，她们喊他的名字，他也喊她们的名字——这些似乎都已经消失了，沉入了记忆深处。

那天晚上，我和女儿在家吃饭，气氛缓和下来。布赖恩当着我们所有人的面向上帝发誓，他没有对她们说过"我再也不来接你们了"。（尽管我敢肯定他这么说过。当读书俱乐部发来的邮件铺天盖地，当关于钓鱼计划的在线交流让他不堪重负时，他会愤怒地说，这太疯狂了，我再也不干了。）布赖恩向女孩们保证，他绝对很乐意随时去接她们。（但他再也没有独自，也就是在没有我陪同的情况下，去接过她们了。）眼泪都干了。抱也抱过了。她们坐在他的膝盖上，吃掉了他大部分的薯片。两个月后，当我们一起去吉尔福德市集时，我们的孙女和大多数朋友都还不知道布赖恩患有阿尔茨海默病，也不知道我们关于Dignitas的希望和计划，他们是我们想要保护的人，我们也想要得到他们的保护。

在康涅狄格的小镇市集上，大片的田野变成了数千辆斯巴鲁和本田的停车场。穿着荧光马甲的老人和嗑了药的青少年会引导你找停车位。我们面前是一排又一排在太阳下闪闪发光的车辆，而大多数停车引导员此时已经回家了。我向左看，布赖恩向右看，然后他就不见了。他决定去更远处的停车位看一看。（知道我们来错了停车场，你不会惊讶的。我们停车的地方也挨着一座白色农舍，但那座农舍更破旧，跟这边这座完全不一样，那个停车场跟这儿隔着一块农田。）我每过几分钟就给他打电话。我开始哭。我想象着几个小时后我们重聚的情景：市集结束，布赖恩由吉尔福德市集的保安（比停车引导员壮一点点的人）带到我面前，羞愧又愤怒。

但是，在泪水和汗水混在一起从我脸上流到脚下的四十分钟后，我拨通了布赖恩的电话，他告诉我他在哪里——亲爱的，就站在美洲驼旁边——我向他跑去，在他看到我之前放慢了速度，这样我看起来就不会很惊慌。我又害怕又焦虑，几乎说不出话来。我抱住他，不愿松手。布赖恩提议我们去公路上，这次从后面往前面走，然后找个地方稍停一会儿，远眺一下。我们这么做了，我看到了另一个停车场。我们找到了车。我开车载他回家，布赖恩给自己做了一份奶酪拼盘，看起了新闻。我洗了个澡，逐渐从人生中的第二次惊恐发作中恢复过来。

1 　吉尔福德市集（Guilford Fair），始于1859年的一个大型农产品市集，有各种游乐、表演活动，每年9月的第三个周末举办。吉尔福德，康涅狄格州的一个小镇，距石溪约十公里。

2019年11月14日，周四，石溪
佛蒙特州的月光

11月下旬，霜冻已来临，我深陷恐慌之中。感恩节就快到了。时钟在嘀嗒作响，我无言以对。那嘀嗒作响的时钟挂在一扇门上，那是唯一一扇我能帮我丈夫走进去的门。Dignitas，世界上唯一一扇留给我们的门，正在我们面前关闭，落锁。有时，我会去办公室，走来走去，然后哭。我向每一个我能冒昧询问的人打听，他们是否认识可能帮助我们的人；大多数时候，我不会去问，因为我无法承受。

布赖恩平静地做出结束生命的选择时，唐娜一直坚定地支持他，并鼓励我在需要的时候哭一哭，不要放弃。在一次治疗中，唐娜建议我们打电话给她的一个老朋友，伯恩斯特罗姆医生。我有些弄不清楚他是做什么的：真正的

生命终结行动、火鸡腌渍密封袋和派对城[1]氦气罐——我坐在唐娜办公室的停车场里时，才从新西兰的一个网站上看到了这一切。五分钟前，我对这项技术一无所知，现在我对它有了相当完整的理解。所有建议都很明智，也很可怕，我相当确定我做不到，布赖恩也不会接受。我仍在寻找那个人，那个会帮助我们的人，会帮助我们做任何需要做的事的人。

布赖恩去洗手间的时候，唐娜问我，他会不会想去佛蒙特州来一次临终前的迷幻之旅。她说裸盖菇素已被证明可以减少人们对即将来临的死亡的恐惧，帮助他们更好地拥抱在地球上的有限时间，平静地面对死亡。这听起来是一件好事，但我拒绝了。我不认为我能这么做，这可能不是这种情况下应有的态度。开车回家的一路上，我都在担心我是否因为自私、恐惧和对迷幻药的厌恶（我读高中时，我们的小团体中有三个男孩每周都会嗑一两次药，嗨到无法动弹，一整天都飘飘欲仙。我会在随便谁家的厨房里做油炸苹果馅饼——只要家长不在家——离开前，我会给那些男孩盖好毯子），而剥夺了对布赖恩可能有所帮助的东西，甚至可能是一次非凡体验的机会。（他在大学期间和毕业后嗑过几次，除了仍旧会在不是野外的任何地方迷路，他似乎根本没有受到任何影响。）在车道上，我告诉布赖恩，可以试试这个迷幻体验，我们随时可以去佛蒙特州。布赖恩握住我的手。他说，我很伤心，我还有点生气，但我不害怕。我们不必费那么大劲去佛蒙特州。

1　派对城（Party City），北美最大的派对用品商店之一，出售气球、餐具等各种庆典用品。

2019年秋，石溪

我们在等Dignitas的消息。布赖恩为他们口述了他的小传：

布赖恩·阿米奇生平简介

我出生在威斯康星州的基诺沙。我的父母是第一代意大利裔美国工人阶级，他们在高中时期开始交往。我父亲曾是大学里的橄榄球名将，后来成为一名职业运动员，他和我母亲在二十五岁的时候就已经有了五个孩子（我，我的三个兄弟，两个姐妹）。最终，一共有六个孩子，我是老大。我最小的弟弟保罗在二十岁时去世了，我们始终想念他。

在我小时候，我们搬了四五次家，我青春期的大部分时光都在宾夕法尼亚州的费城度过，在那里上了私立学校。我参加了摔跤队、棍网球队和橄榄球队，并在高中期间担任这三个队的队长。我被耶鲁大学录取，在那里的橄榄球校队里打了四年。我的医生认为，和许多橄榄球运动员一样，多年来在橄榄球场上的硬碰硬可能导致了我现在的痴呆问题。

在读研究生之前，我休息了一段时间，在科罗拉多州做了一年向导（带队徒步、攀岩、钓鱼）。我依然是一个狂热的飞钓爱好者，本希望在退休后做一些向导类和指导类的工作。

因为一直着迷于设计、建筑和视觉艺术，我去了明尼苏达大学，获得了建筑学硕士学位。我（和父亲一样）跟高中时的恋人结婚了，我们回到康涅狄格州的纽黑文，我在那里开始了建筑生涯。在过去将近四十年的时间里，我设计了公共住房项目（其中一些是我最好的作品）、耶鲁大学的女子运动场、一个乡村俱乐部、一家领先的辅助生活社区[1]、公寓楼、企业办公室和一个很棒的女童军营地。我热爱设计，如果不是得了阿尔茨海默病，我还会继续做这一行。

在我五十出头的时候,我的婚姻走到了尽头。我遇见了埃米,爱上了她,十二年前,我们结婚了,在我们的朋友、我的家人和她的三个可爱的孩子的见证下。我们一起建立了幸福美好的生活。我非常遗憾,阿尔茨海默病正在夺走这一切。

布赖恩·阿米奇

我稍稍修改,然后读给他听。他又做了一些改动,交回给我。他想要改的我都改了,当我说"天哪,亲爱的,他们是瑞士人,他们不关心这个"时,他删去了一句关于他父亲赢得海斯曼奖杯的话。搞定了。我们吃了司康饼,喝了咖啡(他还吃了培根和鸡蛋),算是庆祝。现在Dignitas基本上是我的一份工作了。我们一起吃晚餐,我们照看孩子们,我做着我的工作,他继续着彩色玻璃制作、治疗,继续去健身房——10月,我会开车送他去那里。就目前而言,布赖恩很满意,每隔几天他会问我Dignitas的申请进展,给我一些鼓励。偶尔,当他意识到我们遇到了阻碍时,他会说:这太疯狂了,这是我的生命,应该由我决定如何结束它。大多数时候,他似乎觉得我已经掌控了局势,终点已近了(这一点不假,但终点并不近在眼前,在那之前我们还要吃好多次寿司,把同一部电影看好多遍),而且在这个过程中不会发生什么坏事,一切都会如我们所期望的那样展开。不会发生什么坏事,这并不是真的,我也因此而难过。我要独自面对现实,但他的心态正是我所希望的。

在早上,他常常会把手放在我身上说,今天,我感觉很好。有时他会说,我觉得我的记忆大概有九成。我会说那太好了。有些早上,他会说,我想我会重新开始自己开车去健身房。每一次,我们都达成一致,一个合理的折中方案是,我或我们的女婿科里开车送他去健身房(二十五分钟车程),但他可以自己开车去六分钟车程外的彩色玻璃工作室(沿这条路直行,在杂烩锅餐厅处右转)。

今天上午十一点去彩色玻璃工作室。

沿着Stop & Shop超市前面的道路继续向前行驶,在巨型龙虾处右转。

简尼的工作室就在左边,苹果园画廊内。

我画下一颗心。

这一次,布赖恩出门去完成他的最后一个彩色玻璃项目（一幅日落或日出的图案），三分钟后他就回来了。我忘了怎么走，他说。他有勇气这么说，并在问了我路线后再次出门，这让我感到震惊。就是这个男人？就是他要离开这个尘世？每天早晨，布赖恩一离开我们的卧室，我就会大哭起来。我在心里检视所有应该代替他去死的人——甚至不是坏人，只是我碰巧认识的人。

1 辅助生活社区，养老社区的一种，区别于独立生活社区、专业护理社区等，入住者大致上是八十岁以上的需要日常生活照料服务的健康老人。

177

一点帮助

在我们尽力满足Dignitas的所有要求的同时,我也正视他们缓慢而谨慎的行事方式,以及他们所强调的事情:我们很可能被拒绝。按布赖恩的指示,我正在尝试制订B计划,在此计划中,我会为他准备一种完全无痛且致命的药物,他可以喝下去——不能用注射的方式——那个时候,孩子们会聚在周围,我会握着他的手。(我做了一些研究,最重要的是,在他因为致命的剂量而奄奄一息时,我必须制造出我出去看电影或长时间散步的假象,让人们以为他死于致命药物的时候我不在家。对于喜欢英国悬疑小说的我来说,这种行为看起来非常可疑。有多少妻子会在晚上把患有阿尔茨海默病的丈夫留在家里,自己出去看电影或者在沼泽地里散长长的步呢?)

　　电车小径[1]是一条穿过沼泽地的美丽的小道,当布赖恩去那儿漫步时,我正在为我亲爱的朋友、以前的学生杰克做香肠彩椒鸡蛋卷。他有一双巧手,乐于助人,头脑聪明。他有一双真诚的圆眼睛,睫毛长长的,脸颊粉扑扑的,正是聪明之人的样貌。杰克也许是我为B计划寻求建议的最佳人选。杰克修理过房屋的各种物件,为我们的朋友修过楼梯和橱柜,也帮我做过研究。我经常为他做早餐,给他推荐读物,校订他的写作。这么说很像是一场交易,实际上并非如此。不管怎样,我都会为他做饭。不管怎样,他也会修好我摇摇晃晃的桌子。说起来有点难为情(我会,他可能也会),但我们就是彼此投缘;虽然年龄相差四十岁,但我们是一对快乐的搭档,有一样的缺点、个性、怪癖和消遣方式都很契合。布赖恩非常喜欢杰克。自从患上阿尔茨海默病后,对布赖恩来说,信任比喜欢更重要,而他也信任杰克。(布赖恩认为我们的电工,一个十分友好且能干的男子,"偷懒","做事不到位"。在过去的十年里,这个男人一次又一次地拯救了我们的房子,而在过去的三个月里,因为布赖恩重新布线或连接、断开一些关键的电线，电工来了我们家很多次。）

我一边为杰克和我自己做咖啡，一边瞄着时钟。（布赖恩在这个项目上就像个CEO：他不想参与低于他薪酬级别的讨论，不想无意中听到令人不安或困惑的讨论，不想听到任何坏消息，不想听到任何未解决的问题。他喜欢定期的进度报告。任何会议都不应该超过十分钟。）几周前，我哽咽着，断断续续地把布赖恩的诊断结果告诉杰克。我不明白为什么我在这些电话中哭个不停。在MRI检查之前，我就确信布赖恩患有阿尔茨海默病；我原以为，这并不令人惊讶。但它的确令人惊讶。哪怕你早已远远地看见了火焰，哪怕可怕的事正向你袭来，在你耳边低语，在你薄薄的骨头上敲击。每一件坏事都令人惊讶。

我开始抱怨美国的医疗保健系统，抱怨我们这个系统拒绝让人体面、舒适地死去，利用人的痛苦来赚钱，医生不能接受自己能力有限，也不能满足患者的需要。杰克一边听一边吃。我不断咒骂，毫无创见。

"没有人能谈论这个问题，"我说，"似乎没有人知道他们在做什么。根本就没有治疗方法。世界上最前沿的阿尔茨海默病研究说的竟然是：吃该死的蓝莓，保证该死的充足的睡眠。"

杰克点点头。

布赖恩回到家，他们两个人又吃了些早餐。我想只要女人还在生孩子，性别主义就会一直存在，因为他们两个，一个年轻的男人和一个不再年轻的男人，还有我，此刻都各得其所。他们就像付费的顾客一样坐在那里，而我在翻煎培根，烤面包，给他们倒饮料。

几天后，杰克来到我的办公室，而布赖恩在彩绘玻璃工作室。我想把自己的想法说出来。我躺在沙发上，用手捂住眼睛，就像我试图为一部小说设计场景时那样。杰克踱来踱去，而后坐在了我的扶手椅上。我查过我们需要多少戊巴比妥。这个数量深埋在解脱国际或Dignitas的某个文件中，但我找到了它（然后忘了两次，再次把它找了出来——我想布赖恩的阿尔茨海默病正在毁坏我的记忆），并最终在一张索引卡上写下，二十克。我说，他得先服用止吐药，这样才不会把药物全吐出来，然后，把药物放入搅拌机中制成奶昔，如果我帮忙的话，我必须戴上手套，这样上面就只有布赖恩的指纹。我说，杰克，这是犯罪。

我知道我希望儿女们陪着我们，我知道如果我们这样做，他们会咬紧牙关站在我这边。但我无法承受他们中的任何一个人——他们都有孩子——面对任何法律后果。我在想，也许他们可以在事后过来，但我无法想象他们会在哪里等候，或者之后会发生什么。我无法想象这一切，我闭上眼睛，反复专注于最小、最无用的细节——什么房间，一天中的什么时间。杰克悄悄地走了。

我在公共图书馆做研究。我既没用手机，也没用自己的笔记本电脑。互联网一再告诫我，不要在自己的电脑上搜索任何信息，如果我需要了解某些信息，应该打电话而不是发短信，且不要用自己的笔记本电脑。我明白，如果真的有正式的调查，即使我把笔记本电脑泡进一桶酸里，也无法阻止警方找到我的搜索历史，只要他们知道方法。我研究了芬太尼的资料，每个网站都证实它比吗啡强效五十到一百倍。在合法使用的情况下，芬太尼的给药方式是贴片或静脉注射，以达到极低剂量的稳定释放。不妙的是：街头版的芬太尼往往是在某个家伙的实验室里炼制的，被制成粉末、眼药水、鼻喷雾、药丸或吸墨纸，虽然不了解当前的街头毒品圈，但我相当确定，越是值钱的东西，越有可能跟你的毒品贩子所说的不一样。但买到假货的后果可以忽略不计。如果该毒品致命，那么顾客就会死。

问题解决。如果它不纯，或者压根没有效果，顾客可以抱怨，但不能起诉，也不太可能杀了毒贩。（我猜，如果我是那种可能会杀了毒贩的顾客，那么毒贩应该已经采取了预防措施。）所以，即使我穿着木底鞋和美德威尔牛仔裤去交易，成功买到了芬提[2]，它也可能根本不是真的芬太尼。而且，就算是芬提，也可能会让布赖恩在死前经历痛苦的思维混乱、激越和痉挛。我无法确切知道这东西对于一个要自杀的大块头中老年男子来说需要多长时间才能见效，因为大多数记录在案的芬提过量都不是这种使用场景。由于过去几年有很多此类药物过量的案例，芬提很难得到，更不用说买了。没有芬提。

我仔细阅读解脱国际网站上的信息。Sarco 分散着我的注意力，这是一种未来用于自杀的一人大小的胶囊舱，由菲利普·尼奇克和一名荷兰设计师开发：《艺术的尽头》……关于一种能迅速降低氧气含量，同时保持低二氧化碳水平（这是安详乃至欣快死亡的条件）的胶囊舱的理念，催生了 Sarco 的开发。它是艺术，还是……？其优雅的设计意在营造一种特别的氛围：像是前往"新目的地"的旅行，并消除令人感到"不快"的因素。

我不能接受。

我深入研究了从Dignitas那里得到的资料,现在我们至少已经是会员,有获批的可能性。我排除了一堆其他的选项:火鸡腌渍密封袋加氢气罐的方案,它说起来无痛,但看起来很吓人。戊巴比妥可以从墨西哥的心比较大的兽医那里获得(或者离家更近的地方,如果你能找到一个兽医,他相信你有一匹你想自行杀死的马)。但是,戊巴比妥钠,一种常见的、一度非常流行的巴比妥类镇静剂和中枢神经系统抑制剂,才是最佳选择。过量用药肯定会致死,而且会无痛致死;不到一分钟,你就会进入轻度睡眠,十分钟内,就进入深度睡眠。二十分钟内,心脏会停止跳动。戊巴比妥钠的致命剂量大约是每十磅体重用一克。布赖恩这样的块头,至少需要二十克才能确保有效。这可是分量不小的管制药物。雅培公司于1999年停止生产,因为戊巴比妥钠在美国用于死刑注射,所以制药公司不会争先恐后地去生产这种受到严格控制,并带来很多负面报道的药物。这种药每片的剂量通常为五十毫克或一百毫克。我们需要五百片。我打电话给几位医生朋友寻求帮助。他们非常友善也明确地表示,获取戊巴比妥是(1)他们不愿涉足的事情，且（2）真的非常难以做到。其中一个人说，这个（自行给药的自杀剂量）通常不会成功。另一个年长的朋友说，布赖恩真的确定要这么做吗？如果是我，我只会自私一些，尽可能活得久一些，依赖我的妻子照顾我到底。我想，他说的可能是真的。

我打了最后一个电话，给一位已经知道布赖恩病情的医生朋友，当我啜泣着喝了几杯咖啡时，医生朋友已经坐在我身边，对我说："所以，我猜你是想说你需要巴比妥酸盐来帮助你睡眠，因为安必恩对你的失眠不太管用。"我反应稍慢，但还是磕磕巴巴地说完了该说的话。我表示同意，说我的失眠确实是个顽固的问题，只有戊巴比妥钠（三周前我还不知道这个词）才会有所帮助。"那么，"医生说，"我会开一张戊巴比妥钠的处方。一定要小心使用。"我非常感激，但这不会有用。我把处方交给西维斯健康药店的药剂师，她没有报警，也没有叫联邦调查局，甚至没叫经理。她看了看处方单，打了个电话。我在女性卫生用品附近徘徊，直到她猛地抬头示意我过去，我才走向取药区。

"我下单了，"她说，我这时才听出她有德国口音，"但我不觉得能拿到。这药很难弄到。"

"但这是合法的。"我像Helpy[3]那样热情地说道，告诉这个女人她已经知道的事情。

"没错,但是在美国,它的销售情况……不太好。十天后给我打电话。"

我等了十天,联系了药剂师。

没戏。

"你可以试试沃尔格林药店,"她说,"他们用的是另外一种销售系统。我永远无法为你弄到这个。"

我打电话给沃尔格林,那里的药剂师立刻说,不行,我永远也无法为你弄到这个。

没戏。

我可以试着从德国、丹麦或中国订购戊巴比妥钠,这些地方仍在生产和销售这种药物,但互联网告诉我,海关会对包裹进行随机药品筛查。我可以声称我不知道是谁寄的,我的肤色和年龄可能会保护我,但即使没有被关进监狱,我也还是无法得到戊巴比妥钠,布赖恩还是要经受阿尔茨海默病,比现在更严重。我会辜负他。我想象警察在我家门口,审问我,然后走进电视所在的房间,审问布赖恩。

我问杰克关于暗网的事情,杰克努力向我解释。

"嗯，从某种程度上来说，它就像Yelp[4]。暗网是深网[5]的一小部分，你需要特定的软件才能访问这些加密网站。但你登进去之后，会发现它们很像新时代的分类广告大全，但更好，因为上面有对供应商的评价。评价越好，你就越有可能买到你想要的东西。他们用比特币支付。比特币是存储在数字钱包中的文件。你可以用信用卡或电汇付款的方式来买比特币，或者用其他商品来换比特币，然后用它买东西。"

好的。

"大体来说，你需要设置你的电脑，让它进行一些非常复杂的计算，偶尔会得到一个比特币。但如今计算过程已经十分复杂，就算你有一台非常强大的电脑，也可能需要花几年时间才能挖到一个比特币。"

好的。

我告诉杰克他的解释非常有帮助。我在网上进一步研究了关于区块链、比特币混合器的知识，然后在一天早上发现联邦调查局刚刚关闭了暗网市场，并关闭了最大的供应商评价网站之一，甚至还包括几个比特币混合器。根据我读到的这篇新闻报道，暗网社区因为这些行动而感到不安。

此路不通。

我转而考虑起我们当地的赌场,来为我们的生活增添一点明媚,因为自打我认识布赖恩以来,他就一直是一个快乐的、(在我看来)牌技不错的21点玩家。我对赌博一窍不通,我只知道我觉得这很愚蠢。狗赛跑、马赛跑、小赌注、老虎机、百家乐和21点扑克牌游戏——这在我看来就像是往窗外扔钱,但那是因为我感受不到追逐的快感。布赖恩感受得到。我在金神大赌场的网站上浏览,看到了这个:

渴望(Aspire)奢华套房

每间Aspire奢华套房均提供面积多达1145平方英尺的豪华家具空间,包括一间配备豪华特大床的卧室,一间设有可折叠沙发和带自动照明的步入式衣柜的客厅。宽敞的浴室配有按摩浴缸,还有客用卫生间和其他高端设施,全方位提升您的入住体验。

我以前写过广告文案。老板告诉我:如果你非要说一个东西高档,那它就不高档。老板说,这就像有个家伙对你说他很风趣。

我把这段介绍大声念给布赖恩听。他耸了耸肩。

"你可以玩21点。"我说。我不知道他是否还能玩21点。

"你想看看房间的照片吗?"我问道。

正和我设想的一样,这是一间平淡无奇的豪华房,配有簇绒地毯和聚酯纤维床罩,一晚还是一千美元。我们将花掉我们不曾拥有的钱。我不能写作,而布赖恩突然提前三年退休,但他还是可以小赌一把,吃一顿像样的牛排。在光线暗淡、空气香醇的房间里,我们会坐在柔软的椅子上,他会点一杯加了许多青柠片的苏打水,而我会喝半杯马提尼,然后他会去玩21点。我观察来往的人,而他赢了又输,也许在几个小时后会赢上五百美元。我拿出我的信用卡。我想看他的脸再次焕发出光彩,就像他过去对许多事情所展露的那样。那种灿烂的表情,手舞足蹈的喜悦:两种口味的芝士蛋糕我们都买下来吧,退休了我们就去马尔凯待一个月吧,建个葡萄架吧——哎呀,开一家酿酒厂吧!——这个周末开车去蒙特利尔吧,在床上赖一上午,看《贵妇失踪记》吧。这就是我所想念的。

这样无动于衷的暮年真是难熬。

他不是在捉弄我。这不是一场计算得失/公平至上的婚姻游戏。(大多数时候,我们并不斤斤计较。我唠叨的事情无非是意大利菜主宰着我们家的饮食,烧烤酱被视为一种基本的食物,虽然这对我而言不坏。我婆婆曾经给我们送了一箱腌肉作为结婚周年纪念礼物。十磅腌肉和三瓶烧烤酱。)布赖恩并不是通过对赌场漠不关心来让我重振对佛罗伦萨或巴黎的假期的兴趣,然后可能会以在曼哈顿过一个长周末为妥协。他做的一切都与我无关。赌场不再吸引他;赌博的想法、赢或追逐的愿望已经消失。他过去常常在笔记本电脑上练习几个小时的21点,为晚上与庄家和其他玩家打牌做准备,这似乎是上辈子的事了。布赖恩再也没有提过度假的事情。

整个秋天,我发现自己一直在为我并不想去的旅行出谋划策:佛罗伦萨和巴黎,或者其中一个——我说,它们在11月下旬可能会很美(我实际上不是这么想的;我觉得会忧郁到无以复加,甚至会后悔自己没有纵酒以解忧)。我提醒他回忆一下我们去过两次的那个海滩度假胜地(我的父母就是在我们去那里旅行时,一前一后去世的)。他很喜欢那里,我说起所有他喜欢的事情:我们在那片私人海滩上下车,在那里嬉戏了几个小时,我们赤身裸体,虽然年纪大到不该再这样裸露,但仍然乐在其中,就像费里尼电影中的配角。那里的豪华下午茶让我们可以跳过那顿过于昂贵的午餐,他可以喝两壶伯爵茶,在口袋里装满饼干,消磨一段愉快的时光。我说起那天晚上我们一起去了路上的小餐厅，还有那个——我俩都感到不可抗拒的——卖弄风情的女服务员。对于这一切，他都心不在焉地微微一笑。然后我上网给他看曼哈顿他最喜欢的酒店的一些照片，我谈到那天早上我们在房间里吃早餐，出去散步，然后回来又吃了一顿更丰盛的早餐。他摇摇头，一种你听到别人在坚持提起无关紧要的细节时的反应。

我辜负了他。

1　电车小径（Trolley Trail），石溪西面的一条穿越海湾湿地的公园步道，由一条有百年历史的旧电车路线改造而来。

2　芬提（fenty），芬太尼（fentanyl）的非正式说法。芬太尼是一种极度强效的合成阿片类药物，被广泛用于临床镇痛，尤其是重症或术后镇痛。由于其效力极强，非法市场上的芬太尼常常被滥用，且容易导致过量和致命中毒。

3　Helpy，电子游戏《玩具熊的午夜后宫》中的一个玩具角色。

4　Yelp，美国的点评网站，于2004年创立，点评的商户包括餐厅、酒店、旅游、购物中心等。

5　深网（deep web），互联网搜索引擎无法直接索引到的内容，包括数据库、非公开的网站、付费墙后的内容、机构内部网、会员专属页面等。与我们通常通过搜索引擎访问的"表网"（surface web）不同，深网可以直接通过URL或IP地址访问，但可能需要输入密码或其他安全信息才能访问实际内容。

走运当然更好[1]

好的时候，我们依然甜蜜。如果我不能很快入睡，我会问布赖恩，可不可以从后面抱着他睡，他会朝右侧卧，我会贴紧他，有时，像过去（三年前）一样，我会把手伸进他的T恤里，感受他无比光滑的肌肤和他的气味，这气味一如既往：木头和肉桂的味道。我靠在他的肩膀上，我们一起看一部晦涩难懂的苏格兰悬疑片。我在关键的十分钟里睡着了，当我醒来时，布赖恩告诉我为什么摇椅、敞篷车或鸡舍上都是血。我们在床上吃了几块饼干，我指出雷切尔·玛多的唇彩不一样了（并不坏，但还是……），他赞赏我敏锐的眼光，我们将饼干碎屑一股脑扫到地板上，因为没有人会看见。我用力地拍打我的枕头，结果把床头柜上的东西全都撞掉了，他笑了，说我对自己和他人都是个威胁。那些时刻就是我想要的。我想要的就是这样的生活。他叹气，我也叹气。

坏的时候，就是整天不停地经历鸟食时刻。有时，比为具体的事情争吵或者他的情绪突然阴沉下来还要糟，这些我都不会怪他，但家里很压抑。布赖恩收到一封来自老同学的邮件，问他能否为她和她丈夫安排一次钓鱼之旅。这正是他退休后想做的事情——当一名钓鱼向导，就像二十几岁时在科罗拉多带着有钱人去户外徒步和钓鱼一样。他仔细考虑着，我一言不发。有几次，我真的用手捂住了嘴。他不能做这个。他还能钓鱼，他也还能教别人怎么抛竿，但他安排不了一次远行了，我也不想他安排。我不想帮他们在豪萨托尼河上度过一次终生难忘的钓鱼之旅。我得一直收发邮件，准备午餐，在每一小步上给布赖恩做辅助。布赖恩沉思了大约十分钟，有点悲伤地说，我不得不拒绝。他戴上帽子去钓鱼了，我松了一口气，我想追上去告诉他，如果你真的想，我们可以答应的。

整个秋季，我一会儿绝望无措，一会儿决心坚定。我们送走了犹太新年，又送走了赎罪日，还举办了一场晚宴。

晚宴上，布赖恩在"猜名人游戏"中的表现好得出人意料，让我之前的担忧显得愚蠢。我们还度过了我们自己的慕尼黑啤酒节，我儿子带着我们的大孙女伊莎多拉从罗切斯特来了（伊莎多拉出生那天我们在她身边；在去看新房装修的中途，她早早来了，我们在医院大厅来回踱步，接听电话，拥抱和亲吻包括护士在内的每一个人，做了无神论者的祈祷；而现在，保险起见，布赖恩叫她亲爱的），我女儿和她妻子带着我们的明灯小佐拉从布鲁克林来了，全家人一起循着线索穿越玉米迷宫，把脸或南瓜涂上色彩，然后骑驴，之后一家人在主教果园餐厅吃了一顿丰盛的午餐。我记得佐拉在一辆穿过田野的小火车上挥手，伊兹和双胞胎在干草塔上从一捆草跳到另一捆草。我在这幅画面中看不到布赖恩的身影。我知道他穿过了迷宫。我知道他一定大笑着从大滑梯上滑了下来（他从不错过任何一个大滑梯）。我知道他一定点了烤玉米和特色炸薯条，但我无法想象他的样子。我看不到那个秋天的很多景色，只有感恩节、光明节或圣诞节的片段。我知道我们庆祝了所有的节日，我知道他在那里，我知道其实我也在那里，想着这可能会是最后一次，但又担心不是，我怕我帮不了他，不能陪他抵达苏黎世，抵达河的对岸，无论以何种方式。我记得圣诞节，因为人比往年少一些，只有我们和孩子们、孙女们，我没请我姐姐和她的家人来，我辜负了他们所有人，但我不在乎。我记得这一天，只是因为布赖恩和我拍了些照片，他穿着他父亲的宝石色丝绸长袍，高大魁梧，我皱着眉头，穿着我的破旧礼袍。阳光透过我们身后的大窗户照进来，我看起来像一个坐了很长时间火车的老妇人，几乎直不起身子。

1　"走运当然更好"，这句话出自美国作家海明威的名著《老人与海》。

记忆护理

树叶黄了，红了，我已经读完了关于痴呆的资料（阿尔茨海默病和其他类型的痴呆：枕叶痴呆，那是一种先让你失明的病，还有另一种，额颞叶痴呆，这种病进展更快，有时会伴随着人格的巨大转变，要么变得极其温柔，要么变得咄咄逼人，有时甚至会暴跳如雷）。我已经读完了关于结束生命的方式的资料和相关法律。在过去的几周里，布赖恩和我都注意到，在离家只有十分钟车程的地方，正在建一座记忆护理中心，我俩对此异常关注。我们经常开车经过那个建筑工地，以自己的方式对它发表评论：布赖恩提到建筑面积，而我说它看起来像红屋顶旅馆[1]。昨天，我们在从超市回来的路上经过那座建筑，我放慢了车速，布赖恩挥了挥手说,继续开。

有时,我仍会趁布赖恩不在身边的时候,偷偷看那些记录痴呆患者和他们所爱之人的视频:"痴呆日记",以及路易斯·泰鲁主持的纪录片《极端的爱:痴呆》(2012年)。[2] 我断断续续地观看BBC关于三名痴呆患者一年生活的《人生中的一年》系列纪录片。有一对夫妇的故事我看了又看:他们七十岁上下,是典型的眼睛深蓝、精神饱满的英国人,举手投足之间仿佛是从安东尼·特罗洛普或乔安娜·特罗洛普小说中走出来的某个阶层的人物。[3] 克里斯托弗长得很帅,一头银发,穿着和眼睛颜色很相配的海员式样的毛衣,过去十年他一直在船上工作,退休前是一名地方法官,七年前被诊断出痴呆。他们家的壁炉台和架子上到处都是照片;二十年前,他风度翩翩,不经意间就令人印象深刻,我想他的现任妻子对他一定是爱得如痴如醉。我想象她离开了她的前夫,一个秃顶的房地产律师。也许,她的孩子们因此而难过,从未释怀,但在节假日的时候大家都很和气,孙子孙女也是一样,她和她一生的挚爱在一起,所以算是相当幸福的结局,直到阿尔茨海默病的出现。这个敏锐、充满爱意、地道英国范儿的妻子说:"在你还是地方法官那会儿,你意识到了,很多事情——就像你说的那样——从你身边掠过去了。"他笑着表示同意。她鼓励地笑了笑。她说:"而且,你不知道你把谁关了起来,又没把谁关进去。"他笑得更欢了,好像在说,没错,老姑娘。这部纪录片我看了三遍,与此同时,我给威斯康星州、康涅狄格州和宾夕法尼亚州的有关部门发了邮件,索取布赖恩的各种文件(出生证明、离婚证明、我们的结婚证书)。克里斯托弗说着说着,一只手握成拳重重砸在另一只张开的手掌上,这是他在谈论人生、谈论前进、谈论拒不止步也绝不怯懦时的标志性手势:"你必须坚持下去,但总有那么一刻,你得决定接下来该怎么办。"

我认为他的意思是,在痴呆这个没有边际的水池中,你必须决定你想待多久。他的妻子对他的话的理解要么和我不同,要么理解相同但她拒绝接受,因为她由衷地说,对,你必须要应对。他表示赞同,但语气不是很肯定:对,应对。

我喜欢他。几分钟后,在讲到痴呆和与年龄相关的健忘之间的区别时,她狂笑着说,你立马忘了,不是吗(指克里斯托弗)?你刚上车就忘记了自己为什么会上车,不是吗?他点头笑着。她痛苦极了,差点对着摄像机笑出声来,她说,一开始真是让人心都碎了。

1 红屋顶旅馆（Red Roof Inn），美国知名经济型酒店连锁品牌。

2 "痴呆日记"（Dementia Diaries），由英国的非政府组织"痴呆创新"（Innovations in Dementia）创立的音视频线上聚合项目，旨在收集和记录痴呆患者及其照护者的口述音视频，并于线上公开展示，以提高公众对痴呆及其患者的认识，为患者及照护者群体提供支持。《极端的爱：痴呆》（*Extreme Love: Dementia*），2012年上映的英国纪录片，由丹·蔡尔德（Dan Child）导演、路易斯·泰鲁（Louis Theroux）编剧并主持，是泰鲁主持的《极端的爱：自闭症》（*Extreme Love: Autism*）的续作，通过实地探访美国亚利桑那州凤凰城知名的痴呆护理社区，采访患者及其照护者，来展现人们如何应对痴呆这一残酷的疾病，以及亲人之间坚定的爱、医患之间的理解和支持。

3 安东尼·特罗洛普（Anthony Trollope, 1815—1882），英国小说家，一生出版四十七部长篇，另有大量短篇、游记、传记以及一部自传，代表作有《巴彻斯特养老院》《巴彻斯特大教堂》《索恩医生》《巴塞特的最后纪事》等。他善于细腻而忠实地刻画英国维多利亚时代的中上阶层人群，文笔犀利幽默。乔安娜·特罗洛普（Joanna Trollope, 1943年生），英国小说家，代表作有《朋友的城市》《婆媳》《第二个蜜月》等，擅长书写英国中上阶层家庭的生活故事。

救生艇

我们仍然没有得到批准。我坐在了不起的韦恩对面,说不出话来。当我走进他的办公室,也就是他家的地下室时,我通常会扑到沙发上,仿佛那是一艘救生艇,然后沉沉地睡上一小会儿。(从3月我打电话预约开始,我每周见他一次。经过几次诊疗后,韦恩以一种舒缓的巧妙方式说道:你看上去很专心,对我的反应很敏感,也许躺在沙发上会让你轻松一点。他指向角落里那张典型的弗洛伊德式的盖着秘鲁毯子的沙发。我不在乎他是真的这么想,还是他担心我会因为悲恸,连坐直都困难。我立刻从椅子上跳下来,躺到了沙发上。)

这一次,我进来后坐在韦恩那把矮胖的扶手椅上,就像朝圣者奔向他们所崇拜的圣物——哭泣的圣母像或是一小块布片化石——我又有什么资格去评判绝望和恐惧的人呢？我曾考虑过联系两个我不认识的神经科医生，他们最多也只是名声些许古怪。我仍在寻找任何听到Dignitas的名字时不会退缩，愿意提供帮助的普通医生、神经科医生或精神科医生。我一个都找不到。

以前，我可能会说我很心碎。这些天来，我更清楚地知道了什么是"心碎"。我有点羞愧，以前我总是轻易地、愚蠢地使用这个词，沉溺于自己丰富的情感中。真是个傻瓜。

我把所有我问过的人，或者犹豫是否要问的人，以及每一次的失望都告诉了韦恩。我逐一讲述了各个医生的麻烦情况，只是为了表明我已经尽力了。当我告诉他那个神经科医生的事时，他紧紧皱起眉头，我屏住呼吸，心想，哦，可能这就是我一直在寻找的那只强大的手，那只伸过来的正义和仁慈的手臂。我告诉他我们需要什么，一份医学证明，证明布赖恩现在也好，过去也好，都没有表现出任何临床抑郁的症状。

我说，如果你认为长寿很有价值，仅仅因为这是我们在人世间的唯一一次生命，或者因为你感激上帝赐予你的时光，或者因为只要有生之年足够长，就有治疗或治愈你所患疾病的可能——你的观点就与我的不同。如果你是那种把死亡视为敌人，把活下去本身视为一种胜利，不管那种人生将多么孤独、痛苦或失能，如果你认为生活质量只是森林中的一棵小树，是一场大战役中的一个并不可靠的优势——你的观点就与我的不同，也与布赖恩的不同。

我告诉韦恩，我丈夫遵循三个原则：

当回答是肯定的时候，就接受它。

宁愿事后请求原谅，也不要事前请求允许。

以及——不管是好是坏——如果这看起来像一场战斗，就先出击。

曾经，布赖恩代表耶鲁大学打橄榄球时去过哈佛大学，他在一个楼梯间被三个哈佛男孩打了。他因为挨打而自责。他说他以为哈佛男孩都只会空谈，他甚至没有举起手。韦恩笑着点点头。

在做了测试和MRI检查后，神经科医生在评估中写道，布赖恩在得到诊断结果时似乎很震惊。我告诉韦恩，我不认为他感到震惊。我认为，可怕的是，他最恐惧的事情得到了确认，他试图尽快理解所有可能的后果。我说，他不希望像那些哈佛男孩揍他时那样措手不及。

了不起的韦恩听着，没有看我。他讲了他在越南战争期间应征入伍的经历（他作为医生被征召入伍，就此服了兵役。他说，他们告诉他，可以当医生，也可以当步兵，但不管怎样，都要去服役）。他说，他尽了一切努力，去帮助那些想逃避兵役的年轻人，无论是在军队里，还是在军队外。（我觉得他是这么说的。我使劲抓着椅子扶手，抓得手都痛了，而且，因为心跳声震耳欲聋，我听不清他说的话。）过了一会儿，他说，所以，是的，我可以帮你。我在椅子上弯下腰，捂住脸，哭了起来。韦恩静静地坐在那里，就像他应该做的那样。当我抬起头的时候，韦恩说我应该给布赖恩预约一次面诊，大约九十分钟，他会详细写下他的评估结果，不管是什么，如果这些评估对我们的目标有帮助，我们就可以把他的信寄给Dignitas。他建议，面谈时我也在场。为什么？你需要我在场吗？我问。韦恩耸耸肩（一种复杂的、心理治疗师式的耸肩，意思是我有一个很好的理由，但我不会告诉你），然后说，嗯，事后你可能会很高兴你当时在场。

实际上，我非常高兴自己当时在场。这是一次大师级的诊疗课。我能明显看到布赖恩所有的认知缺口，就像有人用手电筒照亮了洞穴的墙壁一样。我看到韦恩温柔而专注地帮助布赖恩在时间里穿梭，引导他进行非常具体的认知测试和广泛的交谈,我也得以看到我丈夫最后一次和另一个了解橄榄球的耶鲁男子热烈而深入地谈天说地。

以下是韦恩关于布赖恩的信的最后几段,正是这封信使我们获得了Dignitas的批准。

> 我在阿米奇先生的病史或临床表现中并未发现任何临床抑郁的证据。没有严重情绪困扰伴随体重减轻、睡眠困难或由此造成的工作时间损失的情况。回顾他过去的经历,我认为他本人以及多年前治疗他的医生对他的诊断过于严重。更合适的说法似乎是,他所抱怨的是由可以预见的生活压力、挑战和失望引发的环境性恶劣心境。他成年时期的困扰似乎源于童年时期不正常的家庭环境。他是一个传奇的美国橄榄球英雄和其慈爱但有局限的妻子所生育的六个孩子中最年长的。就读耶鲁大学时,他是一名杰出的橄榄球运动员,他在那里开始了建筑学习生涯。他与青梅竹马的恋人结婚了。这段婚姻未能经受住伴随成年生活而来的对人成熟与否的考验。他们离婚了,没有孩子。离婚在阿米奇先生虔诚的意大利裔美国天主教家庭中引起了轩然大波。在过去十二年里,

他和他的妻子埃米的婚姻稳定、令人满意且充实，这段婚姻为他带来了埃米的孩子和孙女。他动人地说，他在他们的环绕下找到了伟大的爱、快乐和意义。

阿米奇先生估计，他现在的记忆容量还剩60%—80%。我估计实际上在40%—50%之间。在一个放松的时刻，当被问到社会保障号码时，他的回答犹疑不决。他没法倒过来背这串数字。他的记忆功能时好时坏，在治疗期间和日常生活中都是如此。从周围人的反应中，他可能更能注意到那些记忆缺失带来的困惑和沮丧。他的叙述简单、直白，却又令人心酸。他讲述的一些事情很寻常。他和妻子从日常生活的节奏中获得乐趣，比如跑腿和购买家居用品。过去的他过着充实的生活，爱运动，亲近自然；钓鱼，建造（养老社区、体育设施等）。他厌恶这种降格的生活，只剩一缕忽明忽暗、即将熄灭的认知之火，他沉入一团漆黑，存在将不复，死亡还在远处。目前他精神状况良好，判断力健全，没有精神疾病或严重的人格障碍。在他受疾病折磨的当前阶段，他在规划人生道路和做决定方面的能力都处于正常范围内。

他是一个坚强、有决心、有勇气的人。

不到一周，了不起的韦恩就把信寄给了我。我给他回了电子邮件，感谢他，并请求他列出他现在和以前拥有的所有头衔。他加上了这些头衔，看起来就像是对精神分析名人录的戏仿，如果他是那种人，他甚至可能还会加上电影《鸭子汤》里弗里多尼亚总理的名字鲁弗斯·T. 费尔弗莱。我把信寄给了Dignitas，然后等着海迪的消息。我认为我不应该把信给布赖恩看，他也没有要求看。

他说："我很喜欢和韦恩聊天。这个人对福特汉姆大学的防守前锋'七块花岗岩'[1]了如指掌。很棒。"

---

[1] "七块花岗岩"（The Seven Blocks of Granite），指的是1936—1937年福特汉姆大学橄榄球队中的防守前锋队员，他们组成的防守阵线坚固如石墙，故而得此绰号。

2019年11月底，石溪

感恩节的前一天，布赖恩又接受了一次Dignitas的电话访谈（他记得阿尔茨海默病这个词；他记得那是瑞士，而不是瑞典），海迪告诉我们，我们现在获得了临时批准。她透露，她的真名是S。我们默默地感谢她。S叹了口气，就像一个平安落地的飞行员。她说，阿米奇先生，祝你周末愉快，布卢姆女士，你也是。她告诉我们，他们会发来更多电子邮件，提供更多我们需要的详细信息和文件。这就是我们自8月以来一直在为之努力的那通电话。

我们听到了我们期待的回复，在第一时间，布赖恩紧紧地抱住我，因为我们完成了想要完成的事，而且是一起完成的，而他喜欢团队合作。然后，光线变暗了；我来到了一个没有他的世界里；他清楚地看到，没有他的世界继续运转，我一个人在厨房，他不在我身边。在确定电话已挂断后，我们依偎在彼此的怀里哭了，然后，谁都没说话，我们径直上床，小睡了一会儿，时间是上午十一点。直到孩子们走进家里，要开始为感恩节做准备时，我们才下楼。

我把消息告诉了孩子们，而布赖恩正在做三明治，以他一贯的挑剔、快乐、专注的方式。我们全都挤在厨房里，感到宽慰，但宽慰的原因令人难受。宽慰是因为布赖恩将能够做他想做的事情，除了布赖恩，我们都泪水涟涟，很伤心。布赖恩把我女儿凯特琳拉到一边，告诉她一定要照顾好我，她答应说她会的，我在门口哭了。他吃完三明治，上楼去看新闻。

我开始掉东西。我把烘焙石掉在了厨房地板上。我把一个打开的玉米糖浆瓶掉进了一碗黄油和鸡蛋里。我烤焦了面包。我竟把一个馅饼放在烤箱里烤煳了，又在另一个馅饼里放了四倍分量的波旁威士忌，这种东西除了肯塔基酒鬼，谁也吃不下。问题不仅仅是我无法抓住任何东西（不是隐喻），而是我毫不在意，也无意在事后挽救局面。我捡起大部分烘焙石，然后只是告诉大家走路时小心一点。孙女们的妈妈们四处翻找我漏掉的每一块烘焙石，我由她们去。我把那个玉米糖浆瓶扔了，把黄油和鸡蛋也扔了。我把烤焦的面包留在烤箱里，想着总会有人需要用烤箱，他们会把焦了的面包拿出来的。我想，你就是这么去往灰色花园[1]的。

我没有力气穿着紧身连体衣和船袜跑步锻炼，但我看得出老人们是如何习惯尘埃和黏腻，习惯于有点脏、有点霉的毛巾的。这不是因为他们视力或体力太差而无法解决这些问题，而是因为他们已经见得太多了。当你埋葬了你所有的好友，你能对咖啡杯上的口红印记或是你再也见不到的人的照片框上的一层灰尘有多大反应？当你埋葬了爱你并离你而去的两任妻子和两个兄弟，你能对椅背的磨损（现在差不多是个洞了）有多重视？当然，阅历是有用的：这就是为什么很少有人想重新回到十八岁。但另一方面，如果你阅尽千帆，就很难在乎现实中发生的任何事情。

对我来说，孩子们总是例外，我关心所有孩子，我的三个孩子和他们的四个孩子。我很感激，如果没有孩子们，我们可能已经手握遥控器，生活在污秽之中了。

感恩节过去了，圣诞节即将来临，我婆婆也要来了。

布赖恩和我已经从我婆婆五十年来最好的朋友的故事

中，了解了阿尔茨海默病的大致情况，还有细节。伊冯娜最好的朋友是布赖恩的姑姑，常常来家里做客吃饭。她穿着南希·里根风格的漂亮衣服（定制的套装，翻领上有与之相配的蓝白相间的绢花，还戴着匹配的胸针和蓝宝石耳环；我很欣赏她），她是出色的高尔夫球手、忠实的慈善家（我所痛斥的事业），是我婆婆看电影、吃饭和在俱乐部喝酒的好伙伴。在过去几年中，她就像上了一辆特快列车，迅速陷入了阿尔茨海默病的泥潭。起初她抱怨清洁女工，然后是偶尔来的客人，接着是她的儿子。之后她抱怨贵重物品被转移到了奇怪的地方，可能被偷走了。之后她开车时认不得路，即使是白天，即使是在她开车走了五十年的路上。我婆婆不得不载她去俱乐部，载她去看下午晚些时候的电影。再之后，她变得暴戾，爱哭，害怕那些她无法控制的可怕现实和想象出来的力量。而后，她的儿子把她送进了辅助生活社区，她对此怨恨不已，大声咒骂。之后她无法在公共餐厅表现得体，也不能为瑜伽课准备合适的服装，甚至无法把自己弄得干干净净，也无法与医疗护理助手相处。之后她的儿子把她转到了记忆护理中心。之后她掉了一颗牙，又掉了一颗，坐在床上，等着离世。她很干净，但衣衫不整，她还认识我婆婆，每次婆婆去看她时，她都会哭着恳求这位朋友带她回家。我婆婆没有向我们隐瞒任何细节。

12月初,伊冯娜来看我们。我们吃了晚餐,全是伊冯娜带来的美味的意大利菜。她喝了一小杯伏特加,然后我们早早就睡了。伊冯娜和我都起得很早。(我觉得那年的每一天我都看到了日出。)布赖恩和我决定,是时候与她分享我们的大致计划了——就在我们出发去苏黎世之前,布赖恩会给他的家人发送一封邮件,让他们知道他决定去Dignitas,然后我会给所有亲友发送第二封信,由他构思,关于他的死:

亲爱的朋友们:

你们中有些人知道,有些人还不知道:布赖恩在刚刚过去的夏天被诊断出患有早发性阿尔茨海默病。这段时间一直很艰难,费心劳神,令人心碎,但有两件事是坚定不移的:我们一家人满怀着爱,尽全力提供支持,以及布赖恩在深思熟虑后明确地决定,他不愿也不会在接下来的十年里选择阿尔茨海默病的"漫长的告别"。

布赖恩爱他幸运的妻子,爱他的生活,爱钓鱼、橄榄球、小说和家人,他决定在苏黎世的Dignitas以平和无痛的方式结束生命，而我会陪在他身边。

在这段时间里，尽管他心中充满悲伤，但他表现得非常勇敢，充满热情，积极与我们所有人交流互动，即便他在面临生命终结时也是如此。他继续从事艺术活动，在石溪的电车小径上散步，并为计划生育组织（Planned Parenthood）服务，他深深地献身于这项事业。

布赖恩·阿米奇的追悼会将于2020年2月8日周六下午三点在康涅狄格州布兰福德镇的威洛比·华莱士图书馆举行。我们会很高兴在那里见到你。（如果你对追悼会有任何问题，请联系xxx，邮箱是xxx@gmail.com。）

如果你希望纪念他的一生，请向计划生育组织捐款。

爱你们所有人，

埃米

布赖恩计划在我们上飞机之前发出邮件。他说，那样的话，他们就没有机会插手了；至少我已经和他们每一个人都道别了，即使他们可能并不知道。

这不是一个好的计划，最终我们改进了一下。新计划没有给他的弟弟妹妹们留下太多余地，也没有给我们留下太多时间做真正的诀别,但对布赖恩来说,他们被通知到且没有机会插手,这很重要。

我没有在电话里和伊冯娜说什么,但在我家面对面时,我无法保持沉默,她是我意想不到的支持者,这个在二十五岁时就要照顾四个不到五岁的孩子的女人,她已经经历了布赖恩最小的弟弟保罗的去世(布赖恩说,他是我们中最可爱的一个),现在她将要失去她的漂亮儿子。我爱我的婆婆,布赖恩也爱她(虽然他当初决定离开费城的家庭圈子),敬佩她的坚忍和决心,并且经常引用她最喜欢说的一句话:我们在世上的时间并不长,我们在世上是为了过好每一天。

你可以想象他有多经常说这句话。

(当我第一次去见伊冯娜时,布赖恩还没有与他的第一任妻子离完婚,他决定在我到达前一个小时就把所有的坏消息一次性告诉他母亲:她有三个孩子,离异,有自己的事业,是犹太人,并且是双性恋。伊冯娜眼睛都没眨一下。在我们第一次共进晚餐后,她拍了拍我的手,走进厨房给他的弟弟妹妹打电话,大致是说,接受这个事实吧。)

尽管如此,伊冯娜并不是我理想的知己。她是非常虔诚的天主教徒，总是梳着整齐的头发，喜欢在她的圣约翰套装外面披一条漂亮的巴宝莉围巾，不太愿意探索对她来说真正陌生的世界。我站在二楼，在伊冯娜的卧室门外等着，直至我听到脚步声，听到动起来的声音。我敲门，她让我进去；她已经打扮齐整了。我坐在床边，在她旁边，告诉她我们的Dignitas计划。她从我身边走开，擦了擦眼睛，我紧握双手等待着。我不想有激烈的场面，但如果要有的话，我希望这发生在布赖恩还在睡觉的时候。

然后她说："我松了口气。我昨晚就察觉到了，我为此祈祷，一整夜都在祈祷，我意识到我所祈祷的是他不必像乔安妮那样受苦。我很震惊自己的反应是松了一口气，但事实确实是这样。"

伊冯娜谈到了她那位亲爱的、光彩夺目的、忠实的朋友的悲惨生活和即将到来的可怕死亡。我们手握手哭了，她说我是送给她儿子的礼物，我扑到她的怀里，仿佛她是我的亲生母亲。我们下楼和布赖恩一起吃早餐。伊冯娜握住布赖恩的手，说起巴迪，一个她很熟悉的四肢瘫痪的年轻人。在喝咖啡的时候，她告诉我们，巴迪的兄弟开车把他送到一家汽车旅馆的经过（旅馆在密歇根吗？布赖恩在糟糕的时候一定是这样的：是谁的兄弟？是什么时候的事？我必须听吗？）。在那里，他们按计划与杰克·凯沃基安（20世纪80年代的死亡医生）见面，他给巴迪注射了致命药物。

布赖恩说，嗯，这整件事，它正好是你所擅长的，妈妈。他的意思是死亡和赴死。伊冯娜欣然点头。我上楼去，然后带着两条围巾下来，请他们看看我应该戴哪一条去和新经纪人共进午餐。我戴上了伊冯娜选的那一条：时髦而不显沉重，她说。我不知道这些日子我看起来怎么样，而过去总是有话要说（通常是好话）的布赖恩如今也注意不到。多年来，我都会在穿搭方面问他的意见，而在最近三年里，我总是挑剔他的穿着——渔夫帽加上布克兄弟的Polo衫，就像个流浪汉——现在我不问也不说了。

我们请伊冯娜不要把我们的计划告诉布赖恩的弟弟妹妹们。她毫不犹豫地答应了。

"这不是我该说的，"她说，"这是你们的事。你们准备好了就告诉他们。"

"我知道这是一个很难保守的秘密。"我说。

以最温文尔雅的方式，她哼了一声。"我八十四岁了，"她说，"我可以保守秘密。"

布赖恩笑了，再一次对他母亲说，她是死亡方面的专家。年轻时，伊冯娜就照顾并安葬了她当时刚刚步入老年的父母；她疼爱的妹妹，伊冯娜的家成了妹妹的临终关怀场所；她同样挚爱的姐姐；她可爱的儿子，当时还在上大学的保罗；还有两任深爱的丈夫。我没有提及的还有——正如伊冯娜会指出的——她所有已经去世的朋友。

她说她在过去的六个月里参加了八场葬礼，并列出了每一位朋友的死亡情况和家庭情况。（中风，丈夫患有肌萎缩侧索硬化症。心脏病，孩子们都在洛杉矶。诸如此类。）她悲伤地摆出一个又一个事实。她振作精神，回忆起她的家人在保罗去世后制作的电影《悲恸的一家人：阿米奇的故事》，隶属于一个筹备中的关于复原力的纪录片系列；他们的这部电影记录了1981年圣诞节前夕保罗发生车祸后一家人的生活。伊冯娜说，她记得布赖恩在旁白中说，我们不谈论死亡，但死亡是生命的一部分。我看得出来，她和布赖恩都很高兴他在那么年轻的时候就拥有这样的智慧。

我心烦气躁，疲惫不堪，每天每时每刻都想打个盹儿。我给自己倒了第三杯咖啡，心想，当然——这个人说这话的时候都快三十岁了。布赖恩的先知般的敏锐和风度将会在阿米奇家编造的神话中流传下去。每件事都让我生气。

伊冯娜爱她的孩子，一有机会，她就把他们每个人都置于最美好的粉红色聚光灯下，我没来由地想要反对。我就像是演出中脾气暴躁的引座员，嘟囔着指出丝绸上的意大利面酱汁和说错的台词。然后，就像现在一样，我并不完全明白这个电影项目是如何推进的，但这部关于阿米奇家的电影已播出了，我也知道，在电影制作完成后，我婆婆曾在各种会议上讲述悲恸，投身于一段短暂的职业生涯。在布赖恩确诊以及去世之后的日子里，伊冯娜找到了自己的位置，所有悲恸应对专家认为她应该在的那个位置。在家里，独自一人，或者和她女儿或朋友在一起，她让自己沉浸在悲恸的母亲角色中。我们打过一个简短的电话，她哭着对我说，她只想和他一起再多待些日子。我和她的感受如此一致，以至于我本想安慰她，到头来却是和她一起哭了起来，然后我们哽咽着，对着湿漉漉的电话说了再见。

但和我们在一起的时候，以及后来和我在一起的时候，她并未将自己的悲恸放在首位。她尽量避免自己先哭，也不让自己哭得最大声，她很少提及自己的丧失。正如布赖恩所说，她是一个优秀的人。

在与伊冯娜和布赖恩去火车站的路上，我专心开车。（这一年中，我将会经历五次车祸，其中一次报废了我的车。至少有四次我是全责。）我无意中听到了一番热烈对话的只言片语，讨论的是鲍勃神父是不是同性恋，我猜伊冯娜在考虑让他主持布赖恩在费城的追悼会，但我并不知道有这个追悼会。他们反复讨论，但最后两人都耸耸肩，表达了对鲍勃神父的喜爱，她的喜爱浓烈，而他的温和。布赖恩告诉母亲，如果她想在费城的教堂为他举行一场追悼会，他不介意。他还说，他可能希望自己的骨灰与他父亲和保罗的葬在一起，而我首先想到的是，他现在已经为他的骨灰计划了四个不同的安息地。伊冯娜，第一个来我们家的阿米奇家族的成员，对这一切都很满意，然后离开了。

在我们努力搞定Dignitas事宜的同时，关于下一步会发生什么，我们对他的家人描述得非常含糊，更不用说我们希望下一步发生什么了。他的一个弟弟说了类似于"一天一天来"的话，我们嗯嗯地应和。这个弟弟还说，另一个弟弟最后一次见到布赖恩时，发现他有点不对劲，那是在春天，在确诊之前。那个春天，伊冯娜正清空她的房子，准备搬进辅助生活社区，她让她的五个成年孩子来拿走她不要的东西。她告诉布赖恩，他十六岁时捕到的巨大（三百六十磅）的鲨鱼的标本在她的地下室等着他。他想要。坦白说，我一点都不想要。大多数时候，我希望他能得到他想要的,但我不希望在我们小房子的矮墙上挂上这条鲨鱼。

我提议说,也许耶鲁大学会想要这条鱼(我本来打算把它送给他的小学,或者我们的图书馆,又或者这条街上的"莱尼和乔的鱼故事"餐厅。只要不是我们的房子,哪里都行),在我打了几个电话确定没有任何一所大学想要一条缺了几颗牙齿的巨型鲨鱼标本后,我们找到了耶鲁大学钓鱼俱乐部(是的,他们真的存在,我现在很喜欢他们)和他们特别的场地——耶鲁大学户外教育中心。要拿到鲨鱼,我们得开车两百英里去他母亲家,租一辆搬运车运回来。然后,再开三十五英里到户外教育中心,卸下鲨鱼,跟户外教育中心的负责人交接,回家。这些都要在一天之内完成。

布赖恩和我一起筹办这件大事,他负责确定要找谁,要做什么,我负责打电话或者为电话做书面引导。(他们什么时候开门?什么时候下班?有人能帮你装卸鲨鱼吗?)我们就像海滩上那些蹒跚的老夫妇——他找贝壳,她捡起它们,互相搀扶着保持平衡。这花了两周时间,但一切都安排妥当了。布赖恩做到了,他每过一个小时都会给我打电话,然后安全回家,筋疲力尽但很平静。唯一的插曲显然是他和一个弟弟之间发生了误会，两人都怒气冲冲。这个弟弟是个循规蹈矩的人，不能忍受出错，所以当时我也没多想。我甚至没有真正注意到安排这一切有多困难，需要向同一个人打多少次电话，事后的电话比通常情况下要多出多少。我们就那么完成了。

我很高兴他在确诊之前，在我们还不知道他不应该开车之前，就运回了鲨鱼。到了夏末，当耶鲁大学户外教育中心的负责人几次打电话给布赖恩，询问鲨鱼展示标牌的细节，以及它华丽的陈列时，布赖恩已经不可能搞清楚这项任务和那些细节了。他忘记了他是在哪里抓到它的，也忘记了当时的情况，尽管我们有一张他十六岁时的照片（镶着金框的大照片），照片上他一头金发，脚穿筒袜，一边是他父亲，另一边是鲨鱼。

后来，在我们告知了布赖恩的诊断结果之后，他的所有弟弟妹妹都告诉我，他们在鲨鱼之旅时就知道有什么事不对劲。我很生气但并不意外的是，他们中没有一个人曾打电话问我，布赖恩还好吗？我不知道我为什么会生气。我不知道是因为他们看到并讨论了他的脆弱，还是因为他们没有尽快与我分享他们的观察并提供支持。（我会希望他们这样做吗？我会希望他的一个妹妹打电话过来说，天哪，布赖恩绝对是开始健忘了。这能有什么用呢?)我只是生气他们看到了他的艰难,他们什么也没说,而他已经离开,他们却还在这里。大多数时候,我所生气的,仅此而已。

---

1 《灰色花园》(*Gray Gardens*)是1975年的一部纪录片,记录了前美国第一夫人杰奎琳·肯尼迪·奥纳西斯的一对远亲母女的生活,她俩住在位于纽约汉普顿的一座废弃房屋,也就是所谓的灰色花园中,与外界隔绝,过着异乎寻常的生活。因此,灰色花园经常被用来隐喻衰败和混乱的生活。

2019年冬，石溪

太阳在下午四点二十八分落山，我们还在努力解决与Dignitas相关的一些小问题。（不到五分钟，布赖恩就找到了他的出生证明，我俩又惊又喜。我们扫描后把它发了出去。事实上，是我扫描后把它发了出去。）Dignitas第二天回信说，东西没问题，但他们需要原件。我们寄出了证明。两周后，我收到S的来信，说证明的格式不太对。我们联系基诺沙出生登记处，十天后，我们收到了新的证明。我们把证明原件寄给Dignitas。又过了十天，他们给我们发邮件说，这次的格式是可以的。我们得到了更加确凿无疑的批准。

我们最终同意让伊冯娜把这个计划告诉布赖恩的弟弟

妹妹。我表示我们欢迎他们随时来，聊聊天，表达关心。当一个弟媳强烈建议我们在费城举办一次大型家庭晚宴，为布赖恩祝福并道别时，我换了四种说法，断然拒绝。我知道他们会来探望的，总体上，我很乐意他们来。布赖恩说，他不想再去费城了。

布赖恩的妹妹们打电话给我，也打电话给布赖恩。她们既关切，又悲痛。一个妹妹一周后会和伊冯娜一起来。另一个将和她丈夫一起来，布赖恩很喜欢这个妹夫。一个弟弟会和伊冯娜一起再来一趟。他的另一个弟弟，我想，应该会带弟媳来。布赖恩的侄女自告奋勇，负责安排日程，她尽了全力，但最后，她打电话告诉我——正如我所料——日程的协调失败了，大家会在自己方便的时间来的，也就是说，他们自行安排。这个可爱的、焦虑的女孩自告奋勇地费心协调她的叔叔、姑姑和奶奶向布赖恩做最后的道别的日程，我对她的感激之情无以言表。要是没有她，我真的不想承担这个任务，她帮了我很多，她向家人传达，确保布赖恩的便利和舒适是重中之重，同时强调说埃米是一只罗威纳犬[1]，绝不妥协。

最后，一个弟媳和一个妹夫（他们并不是夫妻，我从不知道他们关系这么近）决定一起来，我们所有人都很惊讶，连布赖恩都很惊讶。后来，他俩在日程安排、开车或者避开高峰期的问题上发生了一些摩擦，妹夫不会和弟媳一起来了，但他对她要自己来这件事也不太高兴。一周后，他会和伊冯娜一起来。与此同时，我们的弟媳确实独自前来了。她带着食物和亲吻来了，我看得出，布赖恩真的很高兴见到她，迎接她漂亮的脸、温暖的拥抱，还有对他的赞美。在我看来，她完全可以待一周。她是一个活力四射的人，我们很高兴有她的陪伴，也很高兴她能来，尽管全家人都不赞成她自个儿来。（我不知道为什么会这样。如果他们是我自己家的人，我可以告诉你为什么，即使我选择不说。对我来说，布赖恩的家庭仍然是一个陌生的国度，我可以说那里的语言，但说不了他们的方言。）布赖恩与家人的通话似乎一切顺利。伊冯娜的一些朋友——他们在布赖恩出生时就认识他了——写了几封动情的信。随着时间推移，每过一周，他就变得更漠然一些。

我们收到了一位老朋友的几封电子邮件，一次又一次地恳求、责骂和摆出我能想象到的最不具有说服力的论点（"我在谷歌上查到……""不是什么紧急情况……"），而每一次，布赖恩都以善意和克制的态度回应。

1月之前什么都不会发生。在1月6日Dignitas重新开放之前，还有圣诞节和光明节要过。没有人对节日提得起兴致，除了——也许让人意外——我。我知道这将是我们一起度过的最后一个圣诞节，但我也知道，圣诞节之后，我们还有一些时间。

我告诉我姐姐，我和布赖恩不会同她和她丈夫一起去佛蒙特州的豪华度假村过新年前夜了，过去几年我们一直和他们一起过。埃伦希望我同去。她说，说不定可以转移一下你的注意力。她说，只是希望我们能继续拥有过去的一切。这是发自内心的爱，但我能感觉到我自己的心在变硬。我心想，那样的情景在我的余生中再也不会有了。我尽可能严肃地说，他和我都不可能再坐在那里，在鱼子酱罐头和法国香槟的环绕中与那些人闲聊，他们最喜欢说，我们计划在春天来一次精彩的旅行，你们有什么好的旅行计划吗？那会很尴尬。我的语气不太好，而爱我的姐姐说，明白了。

圣诞节那天，我几乎开不了口和我姐姐说话；这是三十多年来我们第一次不在一起过犹太人的圣诞节（平安夜吃中餐，树上挂着玻璃陀螺和幸运饼干）。结束后，感冒了的布赖恩上楼休息，我开始拆除圣诞树的装饰。

我正在练习成为一个寡妇，让自己做好独自做事的准备：自己取下串灯，听布列塔尼·霍华德的歌，吃点心。这样的准备，与真正的守寡生活相比，就像我们的孙女艾薇握紧拳头并高高举起，恶狠狠地说："我这样就有魔法了，你们抓不到我。"当我们扮演着完美的祖父母角色时，我们会假装抓不到她。有时，受我祖父的影响，我会以一种暗黑又快乐的现实主义态度，径直冲上前去抓住她。

我在客厅里等着，假装着，明知我终究会被抓住，明知我不是一个寡妇，我只是一个满脸泪水、烦忧不止的妻子。布赖恩很快就会从我的生活中消失，尽管我还不知道会有多快，而他现在还只是个感冒了的男人。我觉得这只是感冒，不是胸膜炎，但我手里撕扯着一只枕头的流苏，心里想的都是楼上不会再有他了，感冒的不会再是他了，那个我说一病起来就比谁都严重的人，不会存在了。有一次，我对他说，我有些朋友得了转移性乳腺癌，她们的抱怨都没他对感冒的抱怨多。以后也不会有人听我说这些了。

在遇到布赖恩之前，我有过两段重要的感情，都因为我想退出而结束了。在两段关系中，直到临近结束之前，我都没有真正感到孤独，因为我有孩子、朋友、工作，以及独处的快乐。即使我感到被忽视、利用或些许不公平对待时，我都知道对方爱我，需要我，即使他们没有达到我的期待，我也知道我在他们的生活中很重要。而现在，与布赖恩在一起的某些时刻，比我一个人时还难受。我从他的内心世界中消失了。不是说我被连根拔起，而是我根本就不存在，从未存在过。这些时刻令人刺痛。我没有对布赖恩大喊，嘿，我也是个人，而是为他泡了一杯茶，加了大勺蜂蜜，端上楼给他。他睁开眼睛，微笑着说，谢谢你，然后我开始明白，存在的时刻也是一样刺痛。

我打电话给苏茜·章，让她看塔罗牌，因为如今我信任的专业人士就只有她和了不起的韦恩了，我告诉她Dignitas让我们等到1月6日。我问她，她对这次旅程有何预见。这是我唯一的问题。她告诉我她正在取出传统的韦特塔罗牌，这对我来说是一副"让我们言归正传"的牌。没有令人分心的美，没有难以理解的乌鸦，没有现代的性别转换。（对于这些事情，我有自己的看法。十七岁那年夏天，每到周五晚上，我会在村里的桑多利诺店旁边为罗莎夫人拉客。我的工作是在她的店前来回走动，发传单，说一些话，比如：罗莎夫人，五块钱，什么都知道。在罗莎夫人晚上打烊之前，在我登上回长岛的火车之前，我会给她泡一杯茶，我们会简单地聊一聊。"看鞋子，"她说，"一般来说，有钱人不穿便宜的鞋子。""看手，软还是硬。""没人来这里是因为他们快乐，孩子。"她是我遇到的最好的临床指导。罗莎夫人用的是韦特塔罗牌，她告诉我她有一副1910年版的牌。）

苏茜·章说，会很顺利，不会有什么意外。我问她，等我们到了苏黎世，他们会不会改变主意。（在我看来，这些都是由严肃的医生进行的严肃的精神病检查。尽管S现在已经告诉我们她的真名，但她在每次谈话中都一直强调"临时批准"中的"临时"。）苏茜·章为布赖恩抽出一张牌，上面是一个男人正在过桥。她说，他会没事的；他决心前进，桥也稳固。我一直在哭。她不再说话。我告诉她，他们可能会给一些日期，让我们自己选。

"你必须选择他们给你的第一个日期。"她说。

"唔，"我说，"这可能意味着我们必须马上准备好——"

"你需要接受他们给你的第一个日期。我并不是说，如果选择后面的日期，你就克服不了后面的困难，但我确实看到了困难。"（事实证明，等我飞回家时，第一批关于COVID-19病毒的报告已经发布。）

1　罗威纳犬，一种起源于德国的大型犬。它们通常以出色的护卫能力而闻名，也是非常亲人的家庭宠物，但可能会对陌生人表现出警惕。在本书中，它被用来比喻坚定不移的态度。

我的丈夫

当我遇到布赖恩的时候（好吧，不是我初次遇见他的时候；第一次见到他时，我觉得他很傲慢，对钓鱼痴迷得令人生厌，而且，头发也该理了），他有一点点像某个人。那个人既不是我的母亲，也不是我的父亲，一个有着优秀基因却如同门挡般平淡无趣的男人。我已经见识过那些自命不凡的人——他们无法面对自己的缺点，无法承认自己天性中的丑恶，他们会耐心地解释好几天，叫你不要因为他们的所作所为而受伤，因为他们无意伤害你——那些人并不适合我。事实证明，布赖恩对他自己所有的错误（甚至是严重的过错）都心平气和，大部分时间里，我也因此而爱他。

在确诊之前，布赖恩常常打趣地说，他要重新开始喝酒。我从来都不是个好听众。我们约会的时候，布赖恩常常要晚上喝一大杯双份伏特加。当我告诉他加冰伏特加的标准量只有两盎司（红色烧烤酒吧，还有瓦伦蒂诺咖啡馆，谢谢你们的培训），他惊呆了。我的孩子们在我以前的关系中见多了斯文的酗酒，他们回家时发现我冰箱里有一大瓶伏特加，吓坏了。（我也喝酒——但我是像犹太人那样节制地喝，而不是像我的祖先那样狂饮烈酒。）

我来自一个餐具柜里有一瓶缇欧雪利酒常年积灰的家庭。有一次，在我父母家，当我为自己调了第二杯金汤力酒时，母亲忧心忡忡地问，我在康涅狄格遇到了什么事。我没有要求布赖恩戒酒，但要求他在我的工作场合不要喝。在一次大型文学节上，我感到无聊又烦躁，错误地把这些情绪告诉了布赖恩。十分钟后，在酒精的助力下，他的大无畏精神得到了释放，他付钱给一个原计划在几个小时后送演讲嘉宾们回酒店的班车司机，让他立刻载上我俩回酒店去。我不得不向那个友好的司机解释情况，让他留着那五十美元，并告诉布赖恩，我不能也不应该这么早就离开。布赖恩在中巴车上打盹，直到我觉得可以得体地离开。从那之后，他再也没在我的工作活动中喝过酒，在我们的婚礼上也没喝，六周后，他戒酒了，彻底地。

在过去的几年里，布赖恩会问：我可以在八十岁时重新开始喝酒吗？我会回答，请别再喝酒了，但你可以在八十岁时开始抽大麻（他喝醉时会变得咄咄逼人，而在抽大麻后会变成一个惹人喜爱的话痨）。他会理智地说，他在八十五岁之前都不会抽大麻或喝酒的。我同意了，说八十五岁可以，但如果他喝醉摔倒了，就算他九十岁，我也不会扶他起来。他会说，行。

尽管有很多理由不应该第三次结婚，但我还是和他结婚了，因为在刚刚认识的时候，他让我想起了我人生中最好的父亲形象，我九年级的英语老师。当那个男人去世时，他的朋友们（八十岁的扑克牌友，他教书时的朋友，各个年龄段和类型的忠实的学生们）都哭了。他又老又胖，患有糖尿病，而且经常心直口快。女人们都被他吸引，我的孩子们都爱他，大部分男人都喜欢和他在一起。他忠诚，傲慢，需要别人照顾，有魅力，慷慨，几乎是我认识的最自私、最可爱和最大无畏的人。然后我遇见了布赖恩，我找到了另一个这样的人。

在我们结婚三周年的纪念日，布赖恩伤到了背。我回家的时候，发现他在卧室里，没穿衣服，差不多一丝不挂。他提前下班了。他只穿了T恤，一条非常宽大的、白色的、网眼材质的尼龙搭扣腰部支撑带（此刻很有必要穿），以及一双平时藏在西裤下的藏青色袜子。因为要去睡觉，他脱下了四角裤；但还穿着背心和袜子，因为他背痛得厉害，举不起手也弯不下腰。他看着镜子里的自己，放声大笑。他把黑色软呢帽戴在头上，对着我摆了个造型，就像模特娜奥米·坎贝尔一样。真的很像。

2020年1月30日，周四，苏黎世

一夜过去，第二天早上，我们坐车去了Dignitas在普费菲孔的公寓楼，或者说是别墅——我真的分不清。那是一个工业园区里的民宅。两个漂亮的女人，穿着漂亮的外套、毛衣和休闲裤（我是说，我觉得她们费了一番心思，而不是随便套上运动衫就来了）在那里迎接我们。为了领我们过河，她们整装以待。我从未受到过如此体贴入微的对待。她们带我们进去，走上几级台阶，我看到一个白雪皑皑的花园，那种你常常会在工业园区看到的花园（现在是1月，所以6月时，可能就是花卉天堂），然后进入了一个宽敞、古怪、纤尘不染的房间。每个角落都有座位——两把小扶手椅，一把大的皮革躺椅，一张皮革沙发，还有

一张病床。我后来才明白，所有能坐或能躺的东西都必须可以拆下来洗，这一点很重要。房间中央有一张桌子和几把椅子。两位女士把我们的文件拿到桌子上，并指给我们看很多装满巧克力的碗。她们审核了所有步骤，这些步骤布赖恩和我现在都能背诵出来。她们仔细看着他说，在这个过程中的任何时候，包括在你喝下止吐药后，你都可以选择不这么做。如果你改变主意，我们会非常支持你，请放心。我们很放心。布赖恩唯一表现出的犹豫的迹象，是他事先提醒过我的——在喝下戊巴比妥钠之前，他会找话题聊。他对我说，他觉得在该喝药的时候，他可能会想"胡扯一番"。"我知道我必须要走，"他说，"我知道我要走。我准备好了。我只是不想着急。"

他不着急。他喝下止吐药，在沙发上舒服地坐下。我坐在他旁边，握着他的手，但我不得不放开，因为他在讲故事时要做手势。这些故事都是关于在耶鲁大学打橄榄球和他的教练卡姆·科扎的，我可以和他一起讲这些故事：布赖恩和一个朋友因为在锚酒吧门口的一场年轻人之间的愚蠢打斗，不小心进了监狱，严厉又宽容的卡姆·科扎保释了他们；布赖恩说要放弃打橄榄球，因为他第一个赛季没有足够的上场机会，卡姆告诉他，只有当布赖恩表现得足够好时,他,卡姆,才会让布赖恩上场比赛,然后布赖恩决心变得足够好;布赖恩的父亲和卡姆·科扎——他的两位父亲——一度一起打手球。

我没办法表现得对这些故事很感兴趣,因为我确实没兴趣(布赖恩只字未提他的生活、我们的生活、我们的爱情、孩子和孙女、他设计和关心的美丽的公共住房,或者他为自然保护和城市开放空间所做的工作,甚至——你知道我一定会提到的——钓鱼这件事),但我努力不让自己看起来很痛苦,尽管我确实痛苦。

两位女士在里屋(我想那是厨房)等着,大约四十五分钟后,她们走了出来。她们告诉我们,止吐药现在已经失效了,如果布赖恩想继续(我想,他说道),他需要再服一次。她们说,你可以慢慢来。我翻了个白眼,因为我知道他肯定会慢慢来,他总是这样,仿佛我们在别的房间里,在别的场合,然后我记起了我此刻身在何处,为自己感到羞愧难当。布赖恩微微一笑。"你的航班是在什么时候?"他问。这一生中,我从未对自己的所作所为感到如此难受。

他再次服下止吐药,两位女士在他的脖子上套了一个飞机枕。布赖恩沉默下来,现在我开始怀念他那些橄榄球的故事了。我握住他的双手,他由着我。我爱你我爱你我爱你，我说，我非常爱你。我也爱你，他说。然后他喝下了戊巴比妥钠。我吻他，吻遍他那张英俊而疲惫的脸，他由着我。

接下来的二十分钟，我无法思考。我目不转睛地盯着他，握着他的手，仿佛我会忘记在他身边呼吸是什么感觉，忘记他的存在是什么感觉。（我没有，一分钟都没有。我在入睡时听到他的呼吸，醒来时感觉到他的体温。）他握着我的手入睡，微微仰头，靠在颈枕上（我现在明白了颈枕的用途）。他的呼吸变了，这是我最后一次听到他睡觉时的呼吸声，深沉而平稳，就像将近十五年来他躺在我身边时那样。我握住他的手。我仍能感觉到它的重量和温度。他的肤色发生了变化，从红润变成淡淡的粉色。我坐在那里，坐在那里，仿佛还会发生别的事情似的。他的脸色变得苍白，我意识到他已经离开了这个世界。

我坐着，握着他的手，坐了很久。我站起来，用双臂搂着他，吻他的额头，仿佛他是我的小婴儿，终于睡着了，仿佛他是我勇敢的男孩，踏上了无边无际的虚空之旅。

守庙人

两位女士在某一刻从厨房里出来,安静地坐在一旁,准备就绪,宛如寺庙的守门人。虽然我以前试着思考过这个问题,但我真的不知道该如何处理布赖恩的东西:他的大衣、围巾、手提箱和里面的衣物,还有药物。两位女士表示她们可以负责处理所有这些,他的衣物将被送给有需要的人。

没什么别的事可做了。两位女士希望我在瑞士警察到来之前离开。她们说,这样事情会更简单。并不是说我们做了什么违法的事,但我看得出来,在瑞士警察辨认布赖恩的尸体(据我所知,这就是他的护照和牙科记录的用途)时,我不在旁边会更好(可能对我更好?还是对 Dignitas

更好？）。我用优步打了一辆车，拥抱了两位女士，然后前往机场。

在苏黎世机场，我坐在豪华的休息室里，环顾四周，看着人群。返程的瑞士航空贵宾休息室很惬意。我把布赖恩的婚戒戴在了右手食指上，但它明显太大了。我在和朋友说话的时候做了一个手势，结果戒指飞了出去，差点砸到一个男人的脸。它滚到一把椅子下面，我捡起它，然后坐在那把椅子上，盯着窗外，避开男人的脸。自从布赖恩去世的那一刻起，我觉得大多数人，尤其是男人，都令人厌恶。不仅没有吸引力，而且令人作呕——就像隔夜的燕麦粥。就像碗里的鳗鱼。我发现异性恋伴侣令人沮丧。在贵宾休息室里，我感觉自己像个外星人，在审视一对对地球人：那是什么意思？像那样的生物怎么会成为另一个生物的选择呢？一个人怎么能在这些随机运动中做出选择呢？

身边没有女人的男人更让我烦躁：我对面有个身材瘦长、皮肤黝黑的男人，他张嘴嚼着奶酪和饼干。切达奶酪和德国黑面包片的味道很明显。在我旁边，隔着两个座位，有个年老的白人正在狼吞虎咽地吃一碗加了番茄酱的意大利土豆面疙瘩，他的领带和整张脸都沾满了酱汁。我看到一个男人在我的另一边，几把扶手椅之外，他身材魁梧，皮肤很黑。因为布赖恩，我现在把男人分为懂或不懂橄榄球的。这个人又壮又高。布赖恩可能会说，一台会跑的冰箱。他笑容灿烂，我立刻就想到，我可能会在一个愉快的晚上从他身下蠕动出来并拨打911。大多数男人都令我恶心，甚至连最微小的吸引力都会直接引发我想象他们死去，在我身边冷却。

我已内化了了不起的韦恩，所以我听到他说：你连布赖恩的缺席都还没有消化，更别说他的死了。

我告诉韦恩，此刻我在想象，在一家不错的餐厅里，我对面坐着一个可爱的、有好奇心的、有趣的人，但现实中的我一阵剧烈的恶心，我从椅子上站起来，跑去洗手间。

当我回来时，内化的韦恩在等我。他摇了摇头。

你可以停止努力了，他说。

我差点就停止了。我打电话给必须告知的每一个人：我的孩子们，布赖恩的母亲，布赖恩的两个妹妹。我给布赖恩的一个弟弟发了短信。他的另一个弟弟几乎不用电脑，也不发短信。我让我能联系到的弟弟M去联系另一个弟弟，告诉他布赖恩平静地、毫无痛苦地离去了，我现在正在回家的路上。我对每个人都说了同样的话。布赖恩的妹妹们和她们的丈夫（我不记得谁和我婆婆坐在一起，我只记得有一群人坐在一起，祈祷，等待，我希望他们能彼此慰藉）都聚在伊冯娜的公寓里。在我不停地发短信，打电话，滚动屏幕时，我想得最多的是伊冯娜，她一直是我的坚强后盾，给我意想不到的支持。我摆弄着布赖恩的戒指，直到我们被叫去登机。

2020年1月30日，周四晚上，离开苏黎世

我的女儿萨拉在纽瓦克机场等我，儿子亚历克斯一路上给我们发短信，女儿凯特琳在我位于石溪的家里熬夜等我们。他们扶我上三楼的卧室，因为我的行动就像一个又瞎又醉的陌生人。楼下的每一盏灯都亮着，我喜欢这样，这是我的坏习惯。到了卧室，凯特琳去开顶灯。啪的一声，嗒嗒作响，灯没有亮。我们按了其他的开关。我们试着打开床头灯。浴室和衣帽间的灯是亮的，但卧室的灯都不亮。第二天，彬彬有礼的电工乔过来了。他换掉所有灯泡，还调整了地下室的电路断路器，然后回到屋子里，还是不亮。他叹了口气。突然，灯亮了。他和我一样困惑。我们说，这是布赖恩在开玩笑。在接下来的几天里，家里的每一样

电器都会出故障，需要修或换。我曾经想过，或者希望过，我要在床中央绝望地蜷缩两周，只在喝茶的时候才爬起来。韦恩问我，在人生中最糟糕的时候，你有没有就那样窝在床上？我说这就是我人生中最糟糕的时刻，我没有。但我一直都想这样做，我说。

第二天，我没有无力地躺在床上，而是起床煮了咖啡，很高兴能回到自己的房子里。我收拾了布赖恩的袖扣和手表，留给我的孩子们，收拾了他给他们写的便条，还有他给孙女们写的便条，放在一个小盒子里。我和女儿们把布赖恩的很多衣服都捐给了善心商店，因为他的衣服对家里其他人来说都太大了。我保留了我不忍心送走的所有东西，包括他那件丑丑的耶鲁高尔夫夹克，还有他的背心，孙女们都把它们当睡衣穿。我把所有的吊唁信放在一个大碗里，把我的感谢信放在另一个碗里，两个碗都放到了衣柜里他用的那一侧的后面。我把凯特琳和萨拉送回她们的家人身边。

我吃得很随便，但不差。我想喝醉，但终究没有。我早上五点醒，而今看日出已经成为一种习惯，六点十五分起床合情合理，我可以煮更多咖啡。我看电视，看完了

《神烦警探》的每一集。我坐在办公室里,看着淡蓝色的天空和冰冷的海水。我整天听音乐,除了比尔·埃文斯和比莉·霍利戴,因为我实在是听不了。我在规划追悼会。就在我们去苏黎世之前,布赖恩终于不再读《我弥留之际》了,为了读下去,他已经花了几周时间理清所有角色的名字。(我不认为你必须患上阿尔茨海默病才会发现这样做对阅读福克纳有用。)他总喜欢对知道我们计划的人说:"好吧,这些天,我正在读《我弥留之际》。"然后看他们张口结舌的反应。

去年12月,连续几个早上,我们一边吃早餐,一边讨论他的追悼会。他说图书馆的环境还可以,我知道这是在说它不够完美,但我也没有想再努努力。他说:我为什么不录几句话,甚至录几首诗呢?我可以朗读辛波斯卡的诗,那你就可以用扬声器放给大家听。那会让他们感动的,不是吗?我告诉他,那是一种施虐冲动,他友好地耸了耸肩。那就这样。

除了吝啬或懦弱,你找不到任何你可以指责,且足以伤害他感情的缺点。关于追悼会的其他细节,我们完全达成了一致。音乐:当然是比尔·埃文斯。诗:维斯拉瓦·辛波斯卡的《从容的快板》。在一家小书店里,布赖恩脱下黑色软呢帽,对着她的一本厚厚的诗集流泪,这一幕如其他事情一样,将我们抛进人生、爱情和婚姻的支离破碎中。在我笔下,似乎没有一句话不是这样结束:而现在,他死了。

2020年2月8日，周六，石溪

我花了一些时间考虑这次追悼会上该穿什么。最终，我选择了八十岁的索菲娅·罗兰的打扮：早上九点，黑色薄外套搭配黑色连体裤，金色搭扣腰带，黑色高跟鞋，优雅的发髻，一副"你在看我吗"式的墨镜。这身打扮还不错，但不是我想要的。

一大早，我驱车前往发型师朋友的家，他帮我把头发盘起来。我可以坐在那里几个小时，沉浸在这份被呵护的感觉之中，头发被拉直，向后梳，喷上发胶。我什么地方也不想去。我的一些最亲密的朋友会来，一些不来。我发现对于那些不来的人，我没有任何不悦。他们是否爱我，支持我，对布赖恩是否也一样，这些都已经无关紧要了。

追悼会在我们家对面的图书馆举行。我很喜欢这个图书馆。图书管理员就是图书管理员该有的样子：对书籍忠诚，对公众友好，但也有原则。当时安排这个仪式时有些尴尬，因为我知道我们需要办，也知道什么时候需要办，但我无法想象自己对图书管理员爱丽丝说："布赖恩计划在1月30日去世；我们能否预订2月8日的图书馆场地，时间在艺术展览和瑜伽课之间？"我不记得后来是怎么预订的了，但这件事确实办到了。可能是我的助理、我们的朋友珍妮弗安排了这一切，她还准备了葬礼纪念卡片。我们不会举行弥撒，我们不是天主教徒，也没有教区，但尽管如此，纪念卡片还是很受欢迎。卡片的一面是布赖恩的照片，他戴着太阳镜，看起来很酷，另一面是一只翱翔的鹰和鲁米的几行诗（什么是身体？忍耐力。什么是爱？感激。我们的胸中藏着什么？笑声。还有什么？同情心）。每个人都拿了一两张卡片，我对这些纪念卡片彻底信服了。

朋友贝齐将负责餐食，因为我无法想象一个没有食物的追悼会。（我就是那种犹太人——无法想象一场没有食物的聚会，所以在参加白人盎格鲁-撒克逊新教徒式的活动，只有几口雷司令白葡萄酒和一块乐之饼干时，我总是会感到失望，但随后又会有点钦佩。）我宁愿在图书馆里用吃的招待大家，也不愿让每个人都回到家中。我知道就算天崩地裂，总会有人回家，但如果图书馆有好吃的食物，那些并不真正了解布赖恩的人可能会决定不过马路，而是来我们这里看看，尽情享用图书馆里的美食。

在追悼会开始之前，我走到图书馆，那里一片静默的混乱：杰克搞不定音响系统，无法播放比尔·埃文斯的音乐。牧师要用的麦克风有问题。贝齐告诉我，酒杯不够。我不记得这些问题是如何解决的。我回到家，又涂了一遍口红，然后带着孙女伊莎多拉回到追悼会现场。（最后，双胞胎也会过来坐在我腿上，她们三个为了抢位置挤来挤去，为她们心爱的巴布哭泣，成功地帮我转移了注意力。如果我在追悼会上落泪了，我会觉得惊讶的。）

我女儿凯特琳在图书馆门口，引导人们进入社区活动室。她长得很像我，对很多人来说——我们的牙医、以前的邻居们、大学时期的一个男友——不再需要其他引路标志。在接下来的一小时里，人们会走到她面前，捧住她的脸，看着这张神似我的脸，然后向左转（好像她是一个真正的指示牌），请人帮忙找座位，脱下外套。二十分钟后，凯特琳将不得不离开大厅，因为没有空间了。在2月这个阳光明媚的周六，图书馆外面的草坪上，大楼内的走廊上，厨房和洗手间之间的地方会挤满了人。我根本没有注意到走廊里和站在外面的人。

在一排排椅子中间,我第一眼看到的是我的编辑凯特,她优雅、沉稳地坐着,手里拿着外套,腿上放着手稿和铅笔,等待的时候还在编辑稿件,这让我觉得很亲切,也感到安慰。我记得去参加过她丈夫福尔德的葬礼,记得那之后艰难的一年,我曾想过,不知道她是如何熬过去的,现在,看着她坐在折叠椅上,恭恭敬敬地为前排的预留座位腾出空间,我想起当时我可能只问过她两三次她怎么样,我很羞愧。我知道我做了也说了人们通常会做和说的愚蠢的事情,我决定,不管怎样,今天我不会在意任何人说的任何话。

(有些话真的很有意思,就连这些话也让我觉得安慰。许多人向我强调,他走得太早,太突然,他们不知道他患有阿尔茨海默病,他本该再活上好些年的,我一定悲痛欲绝。有个人告诉我,从今以后,有些日子我会觉得还好,而有些日子,我会想死。她说,是真的想死。)

我回想起我父母的追悼会,但他们都活到了很大的年纪,活过了他们的大部分朋友,而且他们住在辅助生活社区里。我们在他俩的公寓里就能轻松安排好所有来吊唁的人。我知道这次不会是那样的，但我没有准备好迎接为布赖恩而露面的人。我姐姐和她丈夫早早就到了，她看上去脆弱又决然，一副为我担心的样子。计划之中和意料之外的人填满了座位：他的读书俱乐部成员；他的彩绘玻璃老师；一群来自计划生育组织的志愿者，他每个周六早上都会在那里护送妇女从她们的车里走到诊所，始终和蔼可亲，始终保持克制，即便他想对尖叫的抗议者挥上一拳。（这真是我兴趣的完美结合，他说。）

接下来走进来的是十个高大的白人男子，他们都穿着藏青色西装，系着耶鲁的领带，上面有耶鲁标志，斗牛犬、校徽或耶鲁（Yale）首字母Y。其中一个和布赖恩身材相仿的男人说，给小不点儿让个路吧，然后从其他更加高大的男人中间挤过来。他握住我的双手，告诉我他们都爱布赖恩。一个男人告诉我，他从亚利桑那州飞过来，仪式结束后他就直接回机场了。每个人都拍拍我的肩，或者握住我的手，然后他们在房间的最里面排成一排，肩并肩，两腿分开，像哨兵一样站着。不管他们犯过什么错，我都可以原谅。

布赖恩的一些家人晚到了一会儿，找座位时有些尴尬，但最终大家都找到地方坐了下来，我们的牧师开始对大家讲话。我没有牧师,但这位牧师是我们的朋友,她在2007年为我和布赖恩主持了婚礼。她曾在布赖恩信仰普救一位神教时期成为他的牧师,而且多年前,当听说他和我对彼此的感情很认真时,她告诉我,她认为布赖恩有饮酒问题和一些放荡的习惯,就这样,她也成了我的朋友。我并不介意她告诉我这些,她也不介意一年后为我们证婚,因此我们的友谊得以继续。她优雅地介绍了演讲者,发表了温暖、动情、悲悯的悼词。她说话的时候,我一直在想,哦,亲爱的,这正是你会喜欢的。

从容的快板

生命,你真美(我说)
你丰美多产,无以复加,
万蛙鸣唱,夜莺婉转,
蚁丘碌碌,新芽簇簇。

我试图博取生命的欢心,
赢取它的好感,
迎合它的奇想。

总是我率先向它俯首,

在它看得见我的地方,
我面带谦卑与虔敬,
乘着狂喜之翼翱翔,
沉浸于惊奇的浪花。

啊,这蝗虫绿如青草,
这浆果饱满得快要爆开。
我如果没有被生出,
就无法感受这一切!

生命啊(我说),我不知道
可将你比作什么。
无人能够制造松果
而后又把它克隆。

我赞美你的创造力,
慷慨,广阔,精确,
秩序感——那些近乎

巫术与魔法的天赋。

我只是不想让你心烦意乱,
让你嘲笑或生气,困惑或恼怒。
几千年来,我一直试图
用我的微笑给你抚慰。

我紧拉着生命的叶子边缘:
它会为我停下,就一次,
暂时忘却
它为了什么而不停地奔跑吗?

他最亲密的三个朋友谈起了他。约翰·保罗,从20世纪70年代到现在的朋友,最能唤起我对布赖恩的记忆。他们的友谊超越了各种各样的差异,对彼此的爱和对钓鱼的热爱把他们紧紧联系在一起。约翰·保罗细细地讲布赖恩的事,讲他们之间愉快的争论和关于政治问题的讨论,讲钓鱼。我甚至觉得,讲钓鱼的部分实在是太长了一点,但我也觉得他用一种优美的方式,把我丈夫和他那些冗长而无聊的钓鱼故事展现在了我们面前,我对此深深感激。他的朋友马克谈到了他们在纽黑文漫无目的的闲逛和他们的大餐。他说，他问布赖恩人生中是否有什么后悔的事情，布赖恩最终说了一件事：他把收藏的黑胶唱片送人了。马克说，他很震惊，布赖恩只有一件后悔的事，就这个。我想，这是阿尔茨海默病在作祟，然后我又想，也许不是这样——我丈夫几乎没什么后悔的事，那不是很好吗？

他的朋友蒂姆谈到了布赖恩身上的大哥气质，讲到布赖恩甚至去看过蒂姆如何指导高中棍网球运动员。房间里充满了爱的气息。我原本不打算发言的婆婆，来到讲台上自我介绍，说她今天对布赖恩了解了很多，知道了他在康涅狄格州的成年生活。我想，她以一种既美好又悲伤的方式了解到了这些。

在费城郊区，他的家人将为他举行第二场追悼会，那是他们大多数人称之为家的地方。弟媳打电话告诉我，仪式将在一座普救一位神教的教堂里举行。我敢肯定，除了布赖恩，阿米奇家的其他人绝对没有在普救一位神教的教堂中参加过宗教仪式，而布赖恩在二十年前就不去了。我把这个决定看作致敬布赖恩，致敬他对普救一位神教曾经有过的喜爱。我觉得这并不是为了致敬他对天主教的强烈反感，但无论是哪种情况，我都不在乎。我想我没有弟媳期待的那么热情，我们的对话很短，很尴尬。之后又有一通电话，来自另一个弟媳，她向我解释，尽管他们深爱的鲍勃神父无比希望为广结人脉的阿米奇家（在20世纪70年代，阿米奇家曾与教皇会面，女孩们披着比裙子还长的蕾丝披肩，留下一张令人惊叹的大合影）提供方便，但天主教教会的高层不允许在教堂为布赖恩举行追悼会。我想，也许是因为他选择了死亡，但我确信，尽管教会并不完全支持自杀，但他们也不再将其视为逝者或其家人的罪过，所以这也不一定是在教会举办葬礼的阻碍。我不知道是不是因为我，我婆婆笑了笑，有点尴尬地说，虽然鲍勃神父本人并无异议，但他的上级确实担心其他人——天主教教会中更极端的成员——可能会了解到布赖恩积极支持计划生育，而那些极端成员可能会做出一些很出格的事。所以，纪念仪式将在普救一位神教的教堂举行，虽然这不是布赖恩本人的意愿（他可能会想放在耶鲁碗、斯特林图书馆或者我们家附近的电车小径举行），但他肯定也不会反对的。

在宾夕法尼亚的追悼会上，几乎所有发言都是关于布赖恩童年和青少年时期的。就像他有一次在回费城的家的途中说的那样，那里有很多爱，但我已经离开很久了。

那群人并不了解布赖恩成年后的生活，但我婆婆的朋友们都来拥抱我，亲吻我，告诉我他曾是一个多么帅气可爱的年轻人，我很安心。追悼会结束后，在乡村俱乐部里，一个接一个的六十多岁的男人向我走来，他们告诉我，布赖恩多么善良、有本事、聪慧，哪怕是只有十八岁的时候。这让我很高兴，他也会很高兴的。有一个男人说："没有人会比他更狠地把你打倒在地，也没有人会比他更快地伸手扶你起来。"我拥抱了他。我为布赖恩的骨灰挑选了一个骨灰盒（跳过了那些带有耶鲁Y、鹭鸟捕鱼、鹰的标志的），也为伊冯娜准备了一个。在我们每周一次的通话中，她告诉我，她也没想到自己会很喜欢这个骨灰盒。（布赖恩和我并不是迷恋死亡的夫妻，但我保存着我双亲和我深爱的祖父的骨灰——我在父亲的旧文件柜中找到了祖父的骨灰，在一个巧福豆[1]的咖啡罐子里——这些骨灰都放在我们客厅的几个骨灰盒里。我很高兴它们能陪在我身边。偶尔，在有大型家庭庆祝活动的时候，我的一个孩子会把我母亲的骨灰盒移到聚会所在的餐厅里。）12月，我会把装有布赖恩骨灰的漂亮的钴蓝色骨灰盒放到衣柜中的一个盒子里，藏很长时间，直到我找到我想要的那棵椴树，把树种在我们家附近的小山上，在树下挖一个洞，放进骨灰盒。整个春天，我会研究椴树的图片（在神话中，椴树总是象征优雅和保护），然后我会在院子里种一棵椴树，在树旁的大石头上放一个为布赖恩制作的铜质铭牌。

在石溪的追悼会结束后，当所有客人和阿米奇家的人离开我们的房子时，天色已经暗下来。每个人都脱下了丧服。屋里只剩下我、我的孩子、他们的家人，还有我的朋友鲍勃和杰克。我不想念任何人，也不想见任何不在这里的人，除了布赖恩。

---

1 巧福豆（Chock Full o' Nuts），美国的知名咖啡品牌。

2007年9月15日，周六，康涅狄格州达勒姆

这天是我们的婚礼。我母亲没能在场，这是我唯一的伤心事。她最后一次住院的时候，布赖恩把我放下然后去停车。母亲挥手让我进入病房，然后亲了我一下。布赖恩上来吗？她问。当我说是的时候，她几乎把我从床上推了下去，开始利落又振奋地指导我如何尽力帮助她：请给我拿睡衣外套、梳子、腮红和口红。还有定型喷雾。请快点。等到布赖恩来到门口时，她已经一副葛丽亚·嘉逊的打扮，然后让我去给他俩泡茶。唉，她本会在我们婚礼那天的早餐上说，太美好了吧？你太漂亮了吧？他也太帅了吧？她会像在我的第一次婚礼上一样，赞美我的发型，虽然那是可怕的20世纪中叶的普瑞希拉·普雷斯利式盘发。我的孩

子们和即将成为我丈夫的未婚夫看到后都忍不住倒吸了一口气，他说，哇，我从没见过你……这个样子。除了感谢那位做盘发的女士，再硬着头皮把它梳开，而后像上一次一样用几个发夹固定，别无他法。

　　该来的人都来了。我父亲虽体弱多病但心地善良，这两点依然让我们所有人感到惊奇。我姐姐和她家人早早就到了，方方面面地照顾我父亲。我大女儿和她的未婚夫，也就是亲爱的科里（后来成了她的丈夫），将在仪式开始前几分钟从洛杉矶赶到（现在还没有伊登和艾薇呢）。我儿子亚历克斯和他妻子，他们在一周前刚刚结婚（伊莎多拉也还没影儿呢）。还有我小女儿和她当时的女朋友（不是后来和她结婚的、我心爱的贾斯敏，大家眼中的明灯小佐拉也还没来到世上）。我正处在短暂的电视生涯中，我的经纪人、那档节目的明星和我的制片人也都在。我的制片人（将永远陪在我身边，陪我守护布赖恩的生命与死亡的人）为我们定做了一个超乎想象的婚礼蛋糕：晶莹剔透的松绿色和银色的糖泡，从银蓝相间的蛋糕上倾泻下来，汇集在底层的大玻璃盘上，宛如银河系。布赖恩认可菜单的每一个细节，私下里和厨师开心地聊了几个小时。前一天，这两个大个子男人笑嘻嘻地来找我说，他们打算增加一个切烤肉的案台，他们也真的加了。我搜罗起我所有的大围巾、披巾和山羊绒披肩，因为天气比想象中要冷一些，我把披肩装在篮子里，放在草坪的两侧。我母亲会高兴的，因为放置一篮篮披肩让客人保暖，显然是在尽心尽力。

我们生活中所有的朋友都在这里了：一些邻居，他们曾对我们可耻的开端不以为然，但后来接受了我们（我们都曾与别人在一起，我们不够正派。我们相爱，离开了各自的伴侣。我们没有悄悄离开这个镇子，反而招摇过市）；我所有从事精神健康行业的朋友；许多阿米奇家族的人（他们对和一名普救一位神教牧师站在同一个天蓬下犹豫不决，但还是来了）；布赖恩高中和大学时代的朋友们；我的朋友凯（她将陪我从苏黎世到纽瓦克）和她女儿，这个在她出生前我就认识的小家伙；我们最喜欢的一对夫妇，他们将在布赖恩去世前早早地离婚，和我们保持联系的那一位会给他写最美丽的柏拉图式的情书；我女儿们的儿科医生；布赖恩因为钓鱼、环保和本地政治活动而结识的朋友们；我们的母女旅行代理，她成了我们的朋友，但我从未告诉她们为什么我们停止旅行；我在兰登书屋关系最亲密的人，他们将成为布赖恩的头号粉丝（在一次内部晚宴上，当人们对一本新书表现出热烈支持时，我说我知道当你们考虑派我去巡讲时，你们都希望能让布赖恩代替——没有人不同意);我最聪明的朋友和我最善良的朋友;为我和布赖恩感到高兴的朋友,以及对我们感到怀疑,甚至不只是怀疑的朋友们;我当时爱着,如今依然爱着的朋友们,其中一些人在这一天后,我将很少再见到,因为时过境迁。

我们的牧师说的话睿智而温暖,我很高兴,但几乎一个字都没有听进去。

布赖恩拉着我的手,除了他的脸,我看不见别的。他说,我准备了一些……然后他紧紧握住我的手,开始哭。

"我非常爱你,"他说,"我只能说这些。我非常非常爱你,我会爱你,在生命中的每一天。"

然后他轻声说,该你了。

我说,中年妇女应该寻找安全的港湾,寻找生命风暴中的避风港。我们应该寻找平静和舒适。你是风暴中的避风港。你也是风暴。你是大海。你是岩石,是海滩,是波涛。你是日出和日落,以及它们之间所有的光。

我想我还有更多话要说,但我说不出来。我们手拉着手,紧贴着对方,互相搀扶着。

我悄声对他说,我生命中的每一天。他也悄声对我说,我生命中的每一天。

致　谢

首先要感谢布赖恩·阿米奇，他热爱生活，也爱我，他幸运的妻子。去世前，在面对困难的决定和艰难险阻时，他一如既往地无所畏惧。

在我的职业生涯中，我有幸拥有凯特·梅迪纳，她是编辑行业的真正典范，也是我自己的守护天使，她从方方面面帮助我完成了我一生中最艰辛的一本书。我同样幸运地拥有优雅、体贴、周到和坚忍不拔的克劳迪娅·巴拉德做我的经纪人。

在研究和协助方面，无论是实际的、专业的还是个人的，我非常幸运地得到了约恩·洛甘-龙格和奥利维娅·温尚克的智慧、洞见和支持。

丹尼尔·卡斯珀医生、玛丽·简·明金医生和德布拉·努德尔医生提供了善意和支持。

虽然我经常感到不知所措，但我的心理治疗师T. 韦恩·唐尼医生不仅是波涛汹涌的大海中的一块岩石，他还能帮助我掌舵并找到坚实的地面。同样，洞察敏锐的苏茜·章为我占卜，提供了明智，有时甚至是富于启发性的解释和观察。

这部作品的三位读者，杰出的作家鲍勃·布莱索、凯特·沃尔伯特和已故的理查德·麦卡恩，以他们标志性的妙笔和才华提出了有用而重要的建议。

我的孩子们和他们的家人使我和布赖恩得以度过这段可怕的时光，帮助我们在生活中找到了慰藉和美好，也让我在他死后获得平静。我亲爱的姐姐埃伦，她比书中所写的更好，也更支持我。

一如既往，我的助理和朋友珍妮弗，她对我的帮助有如太阳照耀众星。